成就商业阶层事业与生活的梦想

成就商业阶层事业与生活的梦想

U0132967

DISCOVERY
-Driven Growth

引爆
市场力

驱动企业持续成长的关键

[美] 丽塔·麦克格兰斯（Rita Gunther McGrath）◎著
伊安·麦克米兰（Ian C. MacMillan）
高 攀 ◎译

中国人民大学出版社
·北京·

湛庐文化·出品
Cheers Publishing

一切为了您的阅读价值

常常阅读我们图书的读者一定都记忆犹新，2008年前出版的图书中，都放置了一篇题为"一切为了您的阅读体验"的文章，文中所谈，如今都得到了读者的广泛认同，也得到了出版业内同行的追随。

在我们2008年以后的新书以及重印书中，读者会看到这篇"一切为了您的阅读价值"；而对于我们图书的新读者，我们特别在整本书的最后几页，放置了"一切为了您的阅读体验"的精编版。今后，我们将在每年推出崭新的针对读者阅读生活的不同设计和思考。

★ 您知道自己为阅读付出的最大成本是什么吗？

★ 您是否常常在阅读过一本书籍后，才发现不是自己要看的那一本？

★ 您是否常常发现书架上很多书籍都是一时冲动买下，直到现在一字未读？

★ 您是否常常感慨书籍的价格太贵，两百多页的书，值三十多元钱吗？

✎ 阅读的最大成本

读者在选购图书的时候，往往把成本支出的焦点放在书价上，其实不然。**时间才是读者付出的最大阅读成本**。

阅读的时间成本＝选择图书所花费的时间＋阅读图书所花费的时间＋误读图书所浪费的时间

✎ 选择合适的图书类别

目前市场上的**图书来源**可以分为**两大类，五小类**：

1. 引进图书：引进图书来源于国外的出版公司，多为从其他语种翻译成中文而出版，反映国际发展现状，但与中国的实际结合较弱，这其中包括三小类：

a）教科书：这类书理论性较强，体系完整，但多为学科的基础知识，适合初入门的、需要系统了解一门学问的读者。

b）专业书： 这类书理论性、专业性均较强，需要读者拥有比较深厚的专业背景，阅读的目的是加深对一门学问的理解和认识。

c）大众书： 这类书理论性、专业性均不强，但普及性较强，贴近现实，实用可操作，适合一门学问的普通爱好者或实际操作者。

2. 本土图书： 本土图书来源于中国的作者，反映中国的发展现状，与中国的实际结合较强，但国际视野和领先性与引进版相比较弱，这其中包括两小类，可通过封面的作者署名来辨别：

a）"著"作： 这类图书大多为作者亲笔写就，请读者认真阅读"作者简介"，并上网查询、验证其真实程度，一旦发现优秀的适合自己的作者，可以在今后的阅读生活中，多加留意。系统地了解几位优秀作者的作品，是非常有益的。

b）"编著"图书： 这类图书汇编了大量图书中的内容，拼凑的痕迹较明显，建议读者仔细分辨，谨慎购买。

✎ 阅读的收益

阅读图书最大的收益， 来自于获取知识后，应用于自己的**工作和生活**，获得品质的**改善和提升**，由此，油然而生一种无限的**满足感**。

业绩的增长

职位的晋升

工资的晋级

更好的生活条件

收益 ← 一本书 → 花费

一张电影票

一顿麦当劳

一次打车费

两公斤肉

目录
Contents

前 言
促进企业增长，引爆市场力

促进企业增长，对企业来说非常重要，然而却存在着这样的矛盾：每个人都明白它的重要性，却依然常常出错。结果就是：每天，在办公室、大型会议中心、会议室和机场，知名企业的管理人员们像热锅上的蚂蚁一样，为如何引领自己的团队向正确的战略方向发展而发愁；总裁们为如何才能实现对董事会的承诺而发愁；财务总监们则为如何使公司股票升值而发愁；首席运营官和下属们发愁的是，在企业效率不变的情况下，如何才能达到他们在上次股东大会上承诺的增长目标。我们认为，这些人员的担忧都是有充分理由的。日常管理的好的办法，虽然经过了时间的检验，却并不适用于动态的、瞬息万变的环境。结果，虽然很多公司都根据发展规划进行投资，其结果却并不相同。

≫ 为什么这么多优秀公司功败垂成 ≪

运营良好的公司在追寻发展时出现严重失误，我们都听过很多诸如此类的警世故事。露华浓 2006 年推出高辐射化妆品，但又马上全部销毁了（共计损失 1 亿美元）；米其林 2008 年收回低压防爆轮胎系统，以及通用电气对新金融产品的离奇研究，这些只是几个例子。这些优秀公司的做法，目的都是为了促进增长，但却跌得很惨。尽管如此，停滞不前也是不可行的。今天的核心业务很不错，并不意味着明天会进一步增长。所以，投资者就不会只是一味地关注公司增长，毕竟，与之相比，十年期债券更吸引人。

我们两人花了二十多年的时间进行研究，探讨这么多经过周密规划的增长计划却出现错误的原因，以及这么多好公司为什么无法按照自己的增长计划发展。我们也从一些公司的做法中汲取了经验，这些公司正确地执行计划，并因此而增长和繁荣。多年来，我们与诺基亚、空气化工产品公司、3M、杜邦、IBM 以及其他很多公司合作，从合作中汲取实践经验，而这些实践经验使得经理们能够选取更优的战略发展项目，降低投资风险，要么成功地实施项目计划，要么以极低的成本停止计划。这本书正是我们的研究成果。

我们的核心观点是：如果公司采用传统的方法，希望获得飞速发展，那它注定会失败。不能打破束缚，就无法取得显著的成效。让我们来看看，IBM 是如何艰难地认识到一刀切的管理风格严重阻碍了公司的发展，以及公司是多么需要差异化运营的。

IBM 如何学会用正确计划来促进增长

2001 年 4 月，我们与几位来自 IBM 战略规划办公室的朋友会谈。你一定会记得，1993 年，当郭士纳被任命为 IBM 的总裁时，IBM 已经几近破产。郭士纳采取改革措施，力挽狂澜。在 20 世纪 90 年代的大部分时间里，该公司致力于削减成本、提供个人业务，逐渐开始正常运作。但很明显，要想恢复蓝色巨人昔日最优蓝筹股的辉煌，这还远远不够。尽管付出了不懈的努力，一些增长项目还是陷入了停滞。于是，郭士纳希望找出问题所在。

后来，首席策略官布鲁斯·哈雷德（J. Bruce Harreld）在一次会议发言中，讲述了变革的经过：

> 1999 年初夏，我们决定去攻克新的业务领域。而后，9 月，在一个阳光明媚的下午，郭士纳坐在办公室里，看到预算中划了一条线，贯穿整个项目。结果，行政主管解释说："由于当前的成本压力，我们决定削减 6 月份的预计投资。"
>
> 郭士纳沮丧地回忆起这件事，"废话，"他说，"我受够了，对你们大业务部门来说，当然认为这件小事对你们 6 月份的业绩不会造成任何实质影响。但我希望你、你，还有你（2001 年我们一起开会的同事），搞清楚问题出在哪里。IBM 体制上出现了一些问题，并且，我们还没有找到合适的方法来处理短期困境与新的发展投资之间的矛盾。"

他们的发现印证了我们的研究结论。实际上，IBM 采用的控制成本和提高效率的方法，有利于核心业务，但却抑制了新的增长型风险投资。IBM 行政主管开始探寻新的原则、新的技术，它们有利于公司扶持小规模的增长计划，而不会影响其核心业务活动。

正如哈雷德此后所说："对于处在不同成熟阶段的业务，我们需要不同的管理体制。新业务和增长型业务都应当受到保护，并且需要不同的管理风格。这可不同于我们的主机业务。"

在 IBM，人们从众多惨痛的教训中领悟到：决不能采用传统方法处理增长计划。这一认识极大地改变了公司的拨款、组织以及规划增长项目的方式，从而使 IBM 针对新兴业务机会的规划成为全球大型组织抓住新的增长机遇的典范。

不同的增长源泉

在本书中，我们将向你阐明，为什么传统方法常常会给创新型增长计划带来致命伤害，以及如何对这些方法进行改进。实现迅速增长可以通过以下三种途径：你可以增强自己的核心能力，或者彻底提高核心业绩；你也可以创造新的增长平台（有时也称相邻区域）；你还可以在有潜力成为发展平台的战略选择项目上投资。越接近新的发展平台和战略选择，对你来说，我们在本书中描述的发现导向型方法就越重要。成功取决于你如何利用自身的能力和资产促进增长，或许你将能力和资产投入新的领域，那么就要把握这个原则：如果你了解很多，则用传统方法；如果你不太了解，则采用我们所说的发现导向型方法。

突破性增长并不仅仅在于投入勇气和制定新计划。不少优秀的增长计划始于渐进式增长，即寻找到新的巨大机遇，然后不断在这上投资。很多公司则是着眼于投资新的巨大机遇，以便实现突破性增长。然而很多突破性的机会往往不是一眼就能发现的，而是诸多因素组合的结果，直到最后，你才会真正成功（宝洁速易洁清洗系统就是一个例子）。因此，外界当然有很多公司，根据自己的意愿投资，也会获得突破性进展。然而，他们常常痛苦地发现，他们采用了错误的方法，并因此承担着远远大于潜在收益的风险。更糟糕的是，他们所了解的信息，远远少于他们通过其他方式所能了解的。

本书中，我们将会向你阐明你的公司如何才能实现宏伟的增长目标，同时避免耗资巨大的、不可控的孤注一掷，从而避免使你的公司陷入危机。我们将为你提供一系列的实践经验和原则，你可以通过实施一个异常灵敏、遵循规则、高度进取的战略来突破现有领域。该战略可以大大增强公司的增长潜力，却不会增加你的风险。发现导向型增长模式有着独特的原则，通过利用这些原则，你可以实现预定的增长目标，而不必担心投资不利带来的巨大损失。

我们研究的技术，适用于新的增长计划：新的风险投资、新的业务、新的产品线、新的经营权、新的地理位置、新的市场、合资公司、战略同盟，甚至是潜在并购。这些原则的基石在于"发现导向型规划"。通过"发现导向型规划"，组织可以根据自己的目标制定大胆的计划，并且可以了解此规划的最终结果，并以尽可能低的成本检验组织对结果的假设是否正确。发现导向型规划，是我们这些年开发、检验和研究的其他实践和原则的主导。比起采用传统方法，我们相信，如果你使用这些原则和方法，你的增长计划就会面临更少的风险，获得更多的成果。

≫ 发现导向型增长模式及其有效原因 ≪

与传统管理方法不同，采用发现导向型方法，首先要认识到：

我们无法预见不确定的结果。你必须发现新的观点，像揭开真相一样，慎重调整计划方向。与日常业务的经营方式相反，你无法像先知一样预知结果。这并不是因为你很笨或不够熟悉，恰恰相反，确实不存在可以使你更加确定的信息数据。你所面临的挑战是：为了做出我们所说的"大致正确"的决策，迅速获取足够的数据。这不是狂热的赌博。只有傻瓜或者赌徒，才会在不能确定是否会成功的情况下，不假思索地投入一大笔钱。采用发现导向型增长模式（discovery-driven growth, DDG），你可以投资少量的、输得起的钱，获取你所需要的信息，以便更有把握地投资。因此，当你试着投资的时候，你也会变得大方（或者变得小气，如果你愿意的话）。这就意味着，当你有能力追逐更多的机遇时，在现实生活中，你也可以付出较小的代价。

发现导向型增长模式首先需要明确希望达到的业绩成果，这样，不管是在公司层面或是在战略项目层面，都可以使你为增长而付出的努力得到回报。你和你的同事们需要对怎么样才算成功予以界定，并确定准则来规范组织追寻机遇的地点和方式。接着，在发展过程中，其他工具可以提供一些方法，帮助你了解怎样才能更加接近目标，并控制你所面临的风险和不足。最后，你会降低不确定性，充满信心地投资于展现在你面前的发展机遇。

发现导向型增长模式之所以有效，是因为这一方法弥补了三种可认知、可感知的偏差。在没有把握的情况下所做的决策，会由于这些偏差而失误。这种"确认性偏差"会使人们接受、强化或认可其现有假设的新信息，而拒绝质疑这些假设的信息。对于现行业务，后果不算太严重，因为你的初始假设会遵循正确的路线。然而对于新业务来说，后果就很危险了，因为你还不熟悉自己所做的事。"近因偏差"以及"人类认知限制"，导致我们忘记了自己曾经做过的假设，使得我们基本上不可能利用自己丰富的经验。"胜利者的诅咒"会让我们高估自己在竞争环境中取得的胜利，甚至导致我们付出远高于胜利成果价值的成本。我们可以继续处理业务，但你要对此有所了解。

比个别误差更糟的是那些非常妨碍组织学习的社会和政治程序。因为要判断传统计划是否正确，就要想办法得知其设想能否实现，这就给人们带来很大压力。他们不得不着力于制定增长方案，坚决执行既定计划，不惜任何代价。对于已经公布的计划，人们会努力去坚持，而不愿承认可能存在的疏忽。人们会维护极其错误、甚至有时会引发灾难的方法，而不会做出更理性的决策、调整项目方向或者叫停战略性项目。因此，传统计划实践所鼓励的，往往是对实质上的野驴博弈①进行的非正常维护。你可以在表0—1中进行简单的测验，把测验结果与专栏"发现导向型如何成为你的思维模式"相对照，以便更好地理解个人和社会偏差。

表0—1　　　小测验：对于发现导向型增长模式，你有多大的开放性

较少发现导向	数值评定	更具发现导向
我们的管理团队只看重季度业绩和编制计划。	1 2 3 4 5 6 7	除了经营现有业务之外，我们的管理团队还相当注重开发新业务。
我们很少交流，只有学习。	1 2 3 4 5 6 7	人们常常讨论自己在经营业务过程中学到的知识。
我们根据个人贡献评价别人。	1 2 3 4 5 6 7	我们根据组合机遇评价别人。
管理团队很少把新业务开发纳入日程。	1 2 3 4 5 6 7	在最重要的管理会议上，新业务开发会排在前三项。
我们对高失败率很不满意。	1 2 3 4 5 6 7	我们做好了应对高失败率的准备，只要我们有能力承受代价。

① 野驴博弈，描述社会程序如何把项目引入歧途，见 B. M. Staw 和 J. Ross 的著作。——作者注

续前表

较少发现导向	数值评定	更具发现导向
在这里，如果你能证明自己可以在核心业务中获得优秀业绩，你就能得到提升。	1 2 3 4 5 6 7	在这里，只有当你能证明自己开发了新业务，你才会得到提升。
我整天忙于日常性工作，根本没时间考虑新业务。	1 2 3 4 5 6 7	除了日常活动之外，我们还专门留出时间开发新业务。
我们按照最后期限评估项目。	1 2 3 4 5 6 7	我们按照关键检查点评估项目。
我们从失败项目中努力赚取任何一点利润。	1 2 3 4 5 6 7	我们已经制定了可靠的程序，确保从失败项目中赚取尽可能多的利润。
我们对新机会所采用的投资方式，与对现有业务投资没什么差别。	1 2 3 4 5 6 7	如果有新的机遇，在创意得以验证之前，我们投入的资源越少越好。

当你尝试一些大胆的增长方案时，代替传统计划的，是使你设定目标的程序。它探测性强，花费不多，必要时还可以调整项目方向，并有希望把握新兴发展机遇。而且，如果未能达到目标，这一程序可以及早停止，不至于花费太多。这就是发现导向型增长模式的全部内容。

发现导向型如何成为你的思维模式

通过表0—1的小测验，你就会明白，你的态度会在哪些方面阻碍你向发现导向型思维模式发展。你认为哪种说法最能体现你的组织此时的思维模式，圈出该数字。

如果代表你的答案的数字平均值小于4，你就需要在你的领导小组中，说服一定数量的人，使他们重新考虑追寻发展机遇的方式。如果你的答案介于 4 和 5 之间，你正遵循着自己的方式前进，但或许需要做些工作，并注意：接下来，企业需要以不同的方式促进增长，而不是循规蹈矩的传统方法。如果你的分数大于 5，恭喜你，但你要确保自己已经制定预案，避免在困难时刻退缩。

发现导向型规划

发现导向型规划是一种经受了时间考验并得到了证实的方法，并不只是理论。它能够有效地辅助管理人员在没有足够把握的情况下找到方法，从而得到广泛认可。发现导向型规划的核心观点是：当你阐明自己的规划时，你希望降低一个比值，即我们所称的假定知识比。如果假定知识比高，不确定性就很大，人们首先必须以最低的成本尽快学到知识。假定知识比越低，重点和资源的优先性就越重要。1995 年，我们在《哈佛商业评论》中首次提到这一概念。而今，发现导向型规划已经适用于各种情况。

很多（我们敢说，是大部分）知名的管理实践，即使没有很多证据证明其确实有效，人们仍然满腔热忱地予以支持。与之不同的是，发现导向型规划经受了一次次检验，表明其在广泛范围内有效。公司组织利用发现导向型规划，设计和管理战略性增长项目；企业家利用这一方法进行创业，并与投资者沟通；风险投资者利用这一方法评估潜在投资的可行性；公司利用这一方法评估一项全面增长方案；甚至非营利性组织也会选择这一方法。我们很喜欢讲这样一个案例：一位牧师在规划其教堂发展战略时，为了考虑自己对"集会建设"活动投入时间的不同，也采用了这一方法。

在沃顿商学院、哥伦比亚大学、达特茅斯学院、欧洲工商管理学院、哈佛大学、西北大学等众多顶尖商学院的课程中，以及像斯坦福大学和巴布森学院这些院校的企业家课程中，都讲授过这一理念。克莱顿·克里斯坦森（Clayton Christensen）的洞察管理顾问公司和其他咨询公司，也为自己的客户提供这一技术。在德国、瑞士、日本和韩国，我们的国际分支机构纷纷采用这项技术。我们很自豪地指出，很多书和文章也都引用这一理念。我们的观点是，发现导向型规划并不是纸上谈兵的理论，也不是无法论证的管理理念。事实已经证明了采用这项技术可以成功，你没理由不相信它。

传统增长与发现导向型增长的区别

所有竞争优势都会受到长时间的竞争准入和客户需求改变的威胁。这说明，你有两个基本抉择：你是否可以通过投资于核心业务竞争优势的外延部分而继续增长？或者，你是否需要执行新计划以获得强势地位，从而继续增长？履行发现导向型准则的公司可以较快地意识到，它们的核心业务竞争优势面临着危机。这些公司通常可以更加迅速、更加准确地发现新的市场空间，来推动公司的发展。然而，他们也理智地看待适用于发展传统业务和新业务的准则之间的区别。

发现导向型增长需要有计划有步骤地投入时间和精力，以务实、低风险的方式创造突破性增长。关键准则是，先确定既引人入胜又切实可行的目标，而后逐步完成今天、明天、下周、下个月应当完成的任务，努力实现未来的目标。重点是制定未来发展战略，而不是以你过去的成功经验决定下一步的战略。与传统管理理念不同的是，发现导向型方法的第一步，是假设你并不知道结果如何。

以下程序有助于管理者规划自己公司的发展，这也是发现导向型规划的初始步骤。

利用组织程序。虽然你想要降低假设知识比，但只有辅以其他组织程序时，你会发现导向型规划才最有效。IBM 在分析新兴业务机会失控的原因时，也发现了这一点。

控制增长日程。实施发现导向型规划，一定要严格控制增长日程。在这里，"日程"应从字面上理解。判断一个公司是否努力实现增长理想，要看高层领导付诸多少时间与精力。如果增长是你的重要目标，我们希望，你能将这一目标纳入每次重要的管理会议的前三项议程，并使之完全体现于下属的工作日程。

对一次次试验和失望保持高度的容忍。实施发现导向型规划，还应注意处理失败和判定成功的方式。当然，如果企业无法容忍失败，季度业绩和即时经济效益会在最大程度上抑制新创意的产生。那些切实可行的创意，不得不顺应财务预估，受到诸如现金流折现法或净现值的限制，这样会导致人们误解机遇，动机不当（克莱顿·克里斯坦森及其同事所提出的另一个观点）。在资源分配方面，如果无法平衡未来机遇和当今需求，理想往往会落空。

建立恰当的评估与激励体制。善于实现突破性增长的组织，比不善于实现突破性增长的公司更倾向于使用不同的激励与评估措施。我们曾举办过一场管理研讨会，其中一位出席者说："无论什么时候，如果你看到有人在做业务时出现非常愚蠢的举动，那么在他看来，这是一次获得奖励的好机会。"可惜的是，公司声称渴望增长，却只根据季度业绩和实时利润激励员工。实际上，在成功的把握很小的情况下，制定评估和激励制度，应遵守以下几条原则：

● 谋求共同利益。主攻新业务的员工，应从核心业务领域的成功中获益；同样，主攻核心业务的员工也应从新业务的成功中获益。双方谋求共同利益。

● 对于未参与增长型项目的员工，不要提升。你的新业务领域应该经常轮换人选，让所有员工都有机会接触。同样，在增长领域，如果员工没有投入精力，就不应该得到显著提升。最优秀和最聪明的员工，应当充满热情地推行增长计划，而不是予以回避。

● 制定增长指标的公司标准，并将其应用于操作层面。例如，在宝洁公司，CEO 雷富礼希望公司开放外部创新，并评估其产品的创意中有多大比例来自外部。在公司层面制定了 50% 的清晰目标，当评估和激励公司领导追求目标的成效时，雷富礼也就明确了操作方式。

● 激励的是有效学习，而不是目标完成。正如我们一个客户所说："如果我制定一个目标，规定某人今年的关键任务是完成收购，这很愚蠢。相反，我应当制定这样的目标：严格评估，并指出收购是否可行。"领导者只有将学习视为关键任务，才会对正确的行为予以鼓励。

● 给员工认真思考的时间和机会。有时间自由创新的员工，有时会作出最佳的创意。3M 和谷歌公司给员工安排时间，让他们可以自由地做自己感兴趣的事情。时刻处于紧张状态的大脑是无法产生创意的。因此，给员工休息和静下心来思考的时间，这会给公司带来不可估量的巨大价值。

表 0—2 总结了传统增长方式和发现导向型方式之间的区别。

表 0—2　　　　　　　　　传统模式与发现导向型增长模式的比较

	传统模式	发现导向型模式
成功	意味着利润的增长和预期目标的实现。	意味着尽可能多地掌握使成本降到最低的方法。
管理重点	日常运营。	最重要的议题，最卓越的思路。
时间安排	根据预算或规划周期安排时间。	根据关键学习检查点安排时间。
修改	表示一个错误。	表示学习过程。
调整项目方向	认为这是消极的，很少这样做。	认为这是必要的，可以经常这样做。
资金	经常一次性分配所有资金，或在分配时不考虑里程碑式成就。	限于实现下一个阶段目标所需的资金数量，不保证持续投资。
假设	偶尔会罗列假设，很少从中选择，很少整合为全盘计划。	经常罗列假设，常常选择一项假设作为计划步骤，尽力整合为全盘计划。
缺点	管理不明确。	早在启动之前就加以了解和控制。
决定终止	延迟，回避，勉强被说服。	列在计划之内，坚决结束项目。

≫ 发现导向型方法的精选简明例证 ≪

要想理解发现导向型增长模式的内在原则，最好的方式是例证。如果我们采用发现导向型方法来分析复杂的组织计划，我们发现，将其运用于简单的企业业务，你就可以较为容易地理解这一技术的本质（根据预期成果逆推、边实践边学习、根据关键实例获得基准，等等）。

因此，我们要选定一个简单的创业案例来证实发现导向型方法的效力。正如我们所说，不要由于我们的案例太过简单而心存怀疑。

我们采用这一方法规划过诸多复杂项目，包括进入中国市场的决策，为一家基础化学公司投资兴建全新的生物化学平台制定的计划，以及建立跨国合资公司的决策。这一案例将使你轻松地把握此项技术的精髓。

玩具的故事

2006年5月，《萨克拉门托蜜蜂报》记者乔恩·奥尔蒂斯问我们如何看待即将在闹市区开张的"实验"玩具店。店主的创意听起来很有趣：该店出售的是过时玩具，比如火车模型和棋类玩具。店主会吸引顾客参观并体验这些玩具，让孩子们远离电子玩具，重温那些很多人都记忆犹新的童年趣事。此外，该店毗邻一家知名的铁路博物馆，而这家博物馆吸引着每月数以千计的各国游客。并且，店主打算与博物馆合伙人一起经营店铺，而博物馆合伙人也愿意合作。这一想法听起来很不错，不是吗？

我们却对这一创意忧心忡忡。首先，该店缺少很多成功要素。孩子们越来越早地离开玩具。由于参加学校组织的课外活动，例如体育运动，孩子们玩耍的时间也比过去更少（密歇根一所大学研究得出的结果）。而且，孩子们在课余时间经常把数码产品当成玩具来玩（这是玩具行业的一部分，根据NPD公司的调查，2005年美国市场总量为6亿美元）。前几年，沃尔玛及其同行将凯碧公司（Kay-Bee）、施瓦茨公司（FAO Schwartz）和萨尼公司（Zany Brainy）挤出了市场。

然而，奥尔蒂斯称，创办人特洛伊·卡尔森（Troy Carlsen）并不理会我们的担忧。卡尔森反而表示，店中玩具的独特性以及该店与铁路博物馆的密切联系，都会使这间店铺明显区别于大型商场，并能够使顾客们感到无比欢乐。因此，他的"体验"方法一定会成功。

试试发现导向型规划。我们并不了解有关该店的其他任何信息，甚至连它的名字也不知道。在此情况下，我们开始为其进行发现导向型规划。首先，我们猜想，该店成功经营的标准是什么？也就是说经营者的期望值有多高。对于不同的企业家来说，相应的挑战各有不同。我们假定，发起人的目标是税前利润25万美元，这样整个计划才有价值。如果他的销售回报率（除去经营成本后的剩余资金）是50%（重申一下，只是假定），这意味着他需要完成大概50万美元的销售额，以实现自己的经营目标。这可能吗？我们从何得知呢？

接着，我们从玩具的角度考虑。玩具销售往往有很强的循环性，即重大节日前大约8周之内完成大部分的玩具销售。如果我们做出另一个假设：店中每件玩具的平均价格约为25美元，这就意味着店主需要销售2万件玩具（50/25万美元）。你怎么认为？可行？我们可以把它做为论据进行粗略的计算。

一位普通游客在旅途中会购买多少玩具？让我们再做一个假设，假设这个数字是2。这意味着店主需要1万名买主来到店中购买玩具。如果我们进一步假设，大量交易会发生在重大节日前8周之内，这意味着店主每周需要完成1 250笔交易。目前，很明显，并非所有光临店铺的人都会成为买家。因此，如果我们假设平均来到店里的5名顾客中，会有一位成为买家。这就意味着，在重大节日前关键的8周内，店主需要每周6 250人光临玩具店。假设在此期间他每周工作7天，那么每天就需要近900人来到该店。

这家商店有多大？报纸报道称，该店面积3 100平方英尺。我们不知道房屋面积多大，但听起来成功的可能性不大。慢着！如果这笔业务好像真的不能带给你想要的成功，那么在投入资金之前，你就需要重新考虑。

即使创办人将利润预期降至 10 万美元，根据这些假设，他还是需要吸引每天 400 名顾客光临玩具店，才能实现这个目标。即使设定更低利润和更高均价（每件玩具 50 美元），他还是需要 200 名顾客……于是你明白，只有当利润额降至低谷时，开这样一家玩具店才具可行性。而此时我们会认真思考，创办人为什么费尽心机地创业，所获利润却少于其他的大型商场。如果你面对类似问题，可以从我们网站中下载我们所用的简易电子表格，网址是 www.discoverydrivengrowth.com。

我们继续分析，销售 2 万件玩具意味着什么。上网搜索 5 分钟后，我们有了初步的答案。人口统计数字表明，居住在萨克拉门托地区 9 岁以下的孩子不足 62 000 名。这意味着什么？如果卡尔森需要每年销售 2 万件玩具，基本上就等于每年需要 1/3 的萨克拉门托孩子从他这里买玩具；如果每年销售 1 万件玩具，则需要 1/6 的萨克拉门托孩子购买玩具，等等。或者，卡尔森必须依靠外地买家。

至于玩具店与博物馆之间的联系，则是一把双刃剑。博物馆收取门票费，而这些钱原本可以花在玩具店。博物馆还占用游客时间，这些时间也可用于逛玩具店。这就是个开放式问题：玩具店与博物馆之间的联系，对卡尔森的玩具店有利还是有弊？从不同的角度思考，实际上博物馆可能会成为玩具店的竞争者。

因此，至少根据这些假设，我们怀疑他能否成功。这或许很无情，从某种程度上说，确实如此。当然，创办人有高昂的热情，可能会将这一分析抛在脑后。他们会说，这家商店有着独特的定位。鉴于这些分析，这家玩具店的循环性不会太强，一年到头都会像主题公园一样吸引顾客。或者，这家商店可能只用来展示商品，实际业务则依托互联网。我们并不介意在纸上设想各种情节，毕竟我们没有投入任何风险资金。我们只是尽力指出，创办人可能获得的回报是否值得他去冒风险。

或许该模式本身有问题

另一方面，玩具行业有两个成功案例似乎避免了我们预期的风险。比如可以让孩子们自行组装玩具的熊宝宝工作坊，它已是业内佼佼者，每家商店的平均面积也是 3 000 平方英尺。我们的典型案例是把玩具反斗城①理念缩小成微型模式，而熊宝宝工作坊则强化了这一体验。孩子们自行制作玩具，选择部件，为玩具选名字，给玩具买衣服和饰品等等。结果，一般来说，在熊宝宝工作坊的店铺里，每平方英尺的面积可以产生 700 美元利润，每家商店的利润为 210 万美元。这一商业模式极为出色，因为你不用支付人力成本就可以完成成品！

玩具行业的另一个成功案例是美国女孩娃娃，该公司创办了几家美国女孩商城。一些评论员认为，在美国女孩商城，一个普通家庭大约会花费 300 美元购买娃娃发型、美国娃娃概览、午餐和饰品等。2008 年首部美国女孩电影上映之后，美国女孩商城吸引了更多的顾客。我们认为，鉴于萨克拉门托商店的规模，卡尔森的玩具店肯定比美国女孩大得多，但比玩具反斗城小得多。

这是发现导向型思考方式的起点：在计划实施之前，对成功加以界定和描述，并确保这一计划确实有可行性！如果目前的这个创意并不合理，那就放弃它。生活中，好机会太多了。

---

① 玩具反斗城：美国著名玩具零售商。——译者注

我们可以坚决打碎任何人的梦想。你会面临两难境地，或许你最后会非常失望，并耗费巨额资金，除非最初就值得去冒风险（而你也还算乐观）。好吧，不管它，特略伊·卡尔森即将开办商店，即萨克拉门托的威廉克斯，建在旧城区的旅游胜地。

2008 年 8 月，这家商店还在营业，却已经类似于创建人开办的另一家商店——九邦娱乐。据我们所知，威廉克斯已不再只是"玩具"经销商，而是以"经历"为经营主题，这与我们通过构建发现导向型规划所获结论趋于一致。最近，一位客户对商店写下了高度评价，却抱怨道："唯一不满的是，我在这里买的玩具，伊文捷琳里有完全相同的一款，价格却比这里便宜 3 美元。哼！好吧，我支持他们的创意。"

≫ 发现导向型规划分三部分 ≪

实施发现导向型增长模式，从根本上说就是对投资的规划，以确保你始终拥有开放式的选择。比如购买决策，除了你所拥有的错误信息可能导致的风险之外，你无需承担任何其他风险。正如我们伙伴公司的一位行政经理所说："这是一条重要的原则，不同于你在制作'每年销售增长 10%'等类似增长计划时的懵懂，这一原则会使你明白一切。"

发现导向型增长模式，顾名思义，是通过关键的发现程序实现的。而在极不确定的情况下，你需要这些程序使自己远离风险、获得利润。通过遵循本书中阐述的这些原则，你就会逐渐精通我们发现的与成功有关的三组活动：

1. 关注战略性增长：使你公司的战略与资源分配、项目许可保持一致，并将增长战略与明确可控的机遇紧密相连。

2. 实施战略性增长项目：学会实际操作战略的真正核心项目。

3. 利用发现导向型增长模式：将发现导向型增长融入你公司的文化。

这三组活动构成了本书的三个部分。本章接下来会指出这几部分包含的内容。

本书结构

本书列举了当公司实施发现导向型增长模式战略时，我们制定的最为简单实用的先后步骤。根据最近 IBM 委托调查的结果，我们认为，在接下来的两年内，如果你的公司总裁实行彻底改革的可能性为 65%，只要不是彻底的失败，这些方法就可以帮助他避免大量的挫折，也不会浪费过多的时间。

第一部分：关注战略性增长

本书将在第一部分阐述对增长战略的思考。在第 1 章，我们通过制定整个组织的目标，构建组织增长的起点。这一章是从总裁或高层团队的层面出发，以这些领导层为整个企业界定增长架构来思考增长挑战。这一程序的结果，是真正实现增长所需计划的一组任务。结果，公司里其他的人都会明白，哪种增长机遇合情合理，哪种机遇会因适应公司战略而得到支持。

在第 1 章的基础上，第 2 章首先分析实现增长的当前资源分配方式，而后根据第 1 章的成果，思考这些分配方式需要做出什么样的调整。对于各种增长机遇，我们会提出组合观点。我们的核心业务需要增长多少？相关业务需要增长多少？整个组合会不会按照你的计划实现增长，以便兑现你对股东的承诺？

第 3 章，我们将向你阐明，如何将你的战略和内部事务与特定的战略计划联系起来。确定实现公司目标所需，而后我们将着手处理拟定计划的问题。我们还会向你展示，在真正考虑实际着手投资之前，你将如何确定哪些是具有升值潜力的、可能成功的机会。我们会着眼于某项特定的战略计划，并使用发现导向型增长模式对其进行规划。

第二部分：把握特定的增长机遇

第二部分将着眼于战略性计划及其实现方式。实际上，你的战略在于你正实施什么项目以及如何运营该项目，而不是年度报告上的业绩或网站中的虚假宣传。因此，无论你是总裁，还是在组织内担任其他高级职务，你都必须制定正确的措施，有效掌控战略增长计划。

第 4 章则需构思用以实现增长的基础业务。你需要指定一个业务部门，以便建立业务模型的架构。业务部门，顾名思义，就是客户付款的对象。同时，你需要想清楚，采用哪种措施才能使你的业务获得成功。我们也会指出，如何将你的业务增长模式与潜在竞争对手进行比较。这通常是对企划人员的实践考验。在高雅的企划办公室中，企划人员或许会做出一些看似理智的假设。但在竞争激烈的实践中，企划人员往往经不起考验。

在第 5 章，我们将会介绍一些工具，例如逆向损益表和逆向资产负债表，以使发现导向型规划与现实情况密切联系。在未来业务投资额极小的前提下，假设你的业务可以进行某种程度上的大幅调整，我们将整合你在前几章中所做决策，实事求是地进行投资。

第 6 章将概述发现导向型规划的核心准则：拟定可行方案时，你需要对假设加以记录与检验。在这一章中，我们将向你展示，如何拟定可行方案和假设清单，如何检验假设，业务模型中蕴含着什么样的财务准则。我们还会向你阐明，在你设法检验假设的过程中，业务活动将如何与假设紧密联系，如何化解风险、降低成本。这一章还会讨论检验程序的主要功能。在此，我们还会探讨调整项目方向时的最佳操作方法。我们的研究显示，成功运用发现导向型发展战略的公司，往往频繁地调整项目方向，而很少有管理学著作提及其运作方式。

第 7 章将向你阐述，当你不得不放弃项目时面临的挑战，即"当断不断，反受其乱"。你如何废弃计划至关重要，这会帮助公司从现有投资中获取尽可能多的利益。在此，我们还讨论了如何妥善安抚股东和项目支持者难以避免的失望情绪，如何阐明终止该项目决策的正当性。

第三部分：让发现导向型增长模式为你所用

第 8 章描述其他公司对于发现导向型战略的贯彻方式。我们将会阐明，根据其他公司将发现导向型模式制度化的经验，你如何才能在日常工作生活中使用发现导向型增长模式。

最后，在第9章，我们将概述重大持续增长计划的构成要素，从新业务开发团队的设计方案，到总裁实际促进增长的关键任务。

你会明白，本书概述的步骤将影响到你对战略性增长计划的规划和掌控。为了给读者更多的帮助，我们绘制了一幅布局图（见图0—1），来对整个程序加以演示，并指出你所处的位置。无论你正阅读本书的哪一章节，你将明白，我们描述的某些活动与公司领导关系最为密切，尽管其他人在个别战略计划层面也发挥着较大作用。

现在，让我们翻开新的章节——发现导向型规划的起点，以实现整个公司的增长预期。

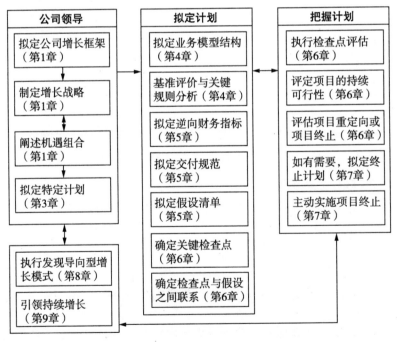

图0—1　本书布局图

DISCOVERY-DRIVEN GROWTH

第一部分 关注战略性增长

在本书中，这一部分首先阐述公司的层级战略。根据我们的经验，对整个战略缺乏清晰的了解是阻止增长计划成功实施的主要障碍之一。我们遇到过很多次这样的情况，项目经理花费大量时间和精力，尽职尽责地实施某项计划，虽然该计划已经获得高层领导的批准，然而后来高层领导却认为这项计划与增长战略背道而驰。同样，我们也看到，不少知名公司在太多无清晰目标的项目上浪费大量资源。因此，在接下来的三个章节中，你要考虑公司层面的增长蓝图，企业增长将如何引发特定资源的分配，以及在个别战略性计划层面上，企业增长如何影响发现导向型架构。

第1章
创建企业增长构架

本章将阐述在为追求增长而拟定清晰、目标明确的准则时，高级管理人员所发挥的作用。很明显，这些准则还有助于人们了解不应该在哪些方面浪费时间。拟定战略业务架构，需要公司的高层管理团队（或者战略规划所在部门的高层领导）界定初始的成功标准。理性规划远景根据你所在产业的竞争程度确定时限，一般为3~7年。如果成功的话，收入或利润将有多少增长。对于增长的预期，将推动下一步战略的执行。因此，明确了解这些增长预期，对于公司的战略至关重要。而后，高层管理团队需要拟定一组计划，明确不同方案对于未来增长有何贡献，未来利润来自何处，通过何种计划实现利润，哪些领域可以引发新的销售增长，需要削减哪些领域的投入，哪些领域可以提升效益，哪些领域可以开拓新市场，哪些领域需要应用新方法，哪些领域需要通过收购实现增长。这一目标无需准确无误，目的只在于推动下一步战略的执行。

本章提及的操作步骤与创建增长构架和制定增长战略有关，见图0—1。

≫ 第一步：界定成功 ≪

例如，2005年，初任总裁的马克·赫德（Mark Hurd）为惠普公司拟定发展目标。

> 首先，马克·赫德及其团队为惠普公司制定了2008年的财务目标。而后，他和助手们积极筹划，为公司每个部门拟定了经营计划。通过估算，他们解雇了14 500名工人，并划定惠普每年需要35亿美元的研发预算。通过明确3年期目标，赫德说："在考虑未来发展时，感性认识会少些，而理性分析则会多些。"

2005年10月至2007年10月，惠普公司的营业收入从8 670万美元升至1 043亿美元。在竞争激烈的电子产品市场中，这是一笔惊人的收益。更惊人的是，该公司还实现了更为有效的运营，在无损利润增长的前提下，销售成本与整体成本得以降低。赫德的战略取得了全面的成效，2005年至2007年间，公司净收益由24亿美元增至73亿美元。当然，在瞬息万变的市场中，没有永恒的成功。当你读到本书时，惠普很有可能已经经营受挫。然而众所周知，从2005年至2008年，惠普公司运营良好，赫德的举措自然发挥了主要作用。

这一逆向思维，以较少的感性和较多的分析，有力地帮助公司确定了初始目标以及实现目标所需的经营模式。你的公司需要清晰可控并且易于理解和沟通的架构。通过阐明你想要实现的目标，该架构可以为发现导向型增长模式提供基础。

确定清晰的顶层架构，有一个重要目的，即帮助管理层明确哪些机遇值得尝试。清晰的架构可以强调一点，即传统业务也许无法实现的突破性的增长。大多数公司的员工可以自行提出循序渐进的创意，而不是突破性的理念。由此推断，大多数人会将循序渐进的事务作为工作重心，以期获得奖励。而突破性增长却需要你来调整人们的发展预期，以帮助他们关注更大胆的理念。杰夫·贝索斯（Jelf Bezos，亚马逊创始人和总裁）指出："我认为，对于你所选定的业务，你需要有足够的把握宣称：'如果我们可以实际运作，这项业务就能够发展壮大。'你还需要问自己一个重要问题：'如果我们成功，该业务是否能够壮大到对公司整体至关重要的程度？'"

因此，确定架构将有助于你明确表述公司为实现其战略目标而遵循的运营范围，以及采用何种方案才会成功。认清应用范围更广的组织战略与你为增长方案设定的目标之间存在的联系，这一点至关重要。

实际上，只有当管理层非常清楚并依照既定的目标行事时，我们才开始为公司启动一项战略性增长方案。这通常是用金融术语表达的，比如"3 年内实现销售额从 5 500 万美元增长至 1 亿美元的目标"，或者"5 年内收益增长一倍"。有时候，尤其是当构思极为模糊时，从财务角度来看，预期目标就会过高或者不够具体。

例如，当微软规划如何为新兴的个人电脑市场提供微软操作系统，这一委托与其说是财务项目，倒不如说是定位项目。据估计，微软的机会在于，共计 4.89 亿个家庭刚刚有钱购买电视机、电话机和其他商品，比如个人电脑，但却并不拘泥于某个特定的操作系统。微软的高层管理团队要求无限潜能事业部制定一项战略，使 Windows 系统为新兴市场的初级用户带来最大的价值，以便更好地开拓这一技术体系的新兴市场。无限潜能事业部的产品理念是研发 Windows XP 入门版，该版本能够满足初级用户的需求，针对新兴市场的低收入消费者，提供最优的低价个人电脑解决方案。无限潜能事业部首先理清新兴市场的三条消费链，以便理解个人电脑对初级用户而言至关重要的相关特征（初级用户通常是学校的孩子与父母）。该事业始于 2004 年末为泰国开发的 XP 入门版，目前已广泛应用于 139 个国家，译成了 59 种语言。然而我们对于下一步具体战略的讨论并非天马行空，截至 2006 年，Windows 入门版共计售出 100 万份，并从此稳步增长，2008 年总计销售超过 700 万份。

对战略清晰的需求

确定战略成功的定义之后，高层管理团队的首要任务就是构建简单明了的架构，使每个人都能清楚地了解这些挑战。这样，高层管理团队就可以冷静应对各种挑战。构建架构，意味着在架构范围内安排业务所需的资源。

奇怪的是，很多公司在阐述战略时，很少能使每个人都能理解特定战略所引发的需求和交易。很多情况下，架构根本毫无意义。比如，有一份真实的战略描述，但我们不能透露公司名称，因为这样的描述会让公司过于尴尬："我们的目标是，成为雇员的最佳雇主、客户的最佳服务提供商、业内最佳公司、投资者的最佳投资选择。"这个架构没有任何意义，无法引导决策制定和交易达成。

反之，让我们看看科里斯（D.J. Collis）和拉克斯戴德（M.G. Rukstad）列举的例子。他们引用财务咨询公司——爱德华·琼斯（Edward S. Jones）的战略目的：爱德华·琼斯预计"借助财务顾问办公室的国内网，为个别保守投资者客户提供方便可靠的面对面的财务咨询服务，从而实现财务顾问人数由目前的 10 000 名增至 2012 年的 17 000 名。"这一描述，明确了有关增长目标的成功定义，并对公司实现目标的方式予以安排。虽然这一描述对公司行为进行了很多限制，但其中仍含有很多可选方案。例如，爱德华·琼斯不会提供基于互联网的咨询服务，且不会为投机客户提供服务。

核心能力可以为公司提供颇具竞争性的优势，而战略重点与核心能力直接相关。对于公司应加强哪些能力、放弃哪些能力，倘若缺乏明确的指导，就会导致资源的盲目浪费。当增长战略发生变化时，这一点尤为重要，原因在于，如果战略重心未能清晰地告知那些实际调动资源和做出决策的人们，能力强化仍会一直围绕原有战略进行，这只会导致资源浪费。最后，除非有外力对战略造成影响，企业还是应当一如既往地遵循既定战略。如果战略变动太过频繁，无论企业关注什么领域，多数能力都不能得以增强。

>> 关注你游刃有余的市场 <<

德州仪器公司作出了表率，其高层领导为公司制定了业务重心重大调整方案并加以执行，而后明确告知主要利益相关者，如股东和客户。《首席执行官》杂志总结了这项战略变更："他（德州仪器公司总裁托马斯·安吉伯 [Thomas Egibous]）将所有与数字信号处理器和模拟芯片无关的仪器在两年内基本售罄，这类仪器用以将图像和声音等感官信息转化为计算机数字语言。"德州仪器公司将不属于战略架构范围内的业务剥离出去，将汽车、采暖、通风和空调业务出售给贝恩投资有限公司，并将国防相关业务卖给了雷神公司。

现任德州仪器公司战略程序主管的乔治·肯瑟弗（George Consolver），在我们的一次访谈中回忆这次战略变更："如果时光倒流到1996 年、1997 年、1998 年……半导体业务将会是我们真正的重心所在。早期的此项业务必须有利于向所谓的'网络社会'转变。我们希望，在互联网业务和手机通讯的早期，半导体业务就可以发展壮大。"

实际上，德州仪器公司的高层领导制定了公司架构，明确公司未来应做什么、不应做什么。该架构与过去的有所不同。肯瑟弗告诉我们，公司未来战略架构包括半导体、数字信号处理器和数位光源处理器三个领域。在接受我们的访谈时（即 2006 年 2 月 27 日），肯瑟弗认为，这些业务可以带来 120 亿美元的额外增长，而不仅仅是 100 亿美元。德州仪器公司重新进行了明确定位，并取得了卓越的成效。图 1—1 展示了该公司的长期股票表现。注意，1996 年制定重新定位决策之后，股票市场价急剧上扬。至少，高层领导选定了该公司未来的奋斗方向，并选定了公司应退出的领域。

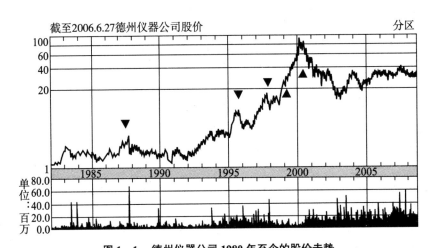

图1—1　德州仪器公司 1980 年至今的股价走势

资料来源：雅虎公司关于德州仪器公司截至 2006 年 6 月 27 日的"基本图表"。

≫ 尽早联合高层管理团队 ≪

经高层管理者批准的、明确的工作重心，在很大程度上推动了杜邦公司的核心规划。该规划被称为"知识密集型大学"规划，是我们多年研究的成果。该规划始于 1999 年，此时杜邦公司总裁——查德·霍利戴（Chad Holliday）力图改变公司运作方向，由单纯产品研发转向注重"以我们的知识换取报酬"。而在杜邦公司传统业务模式中，咨询和服务只是为了促进产品应用。

霍利戴对于在公司层面更加重视知识的阐述，与其他在更高层次转变公司重心的指导方针不谋而合。例如，在 IBM 公司，按需运算的原则促使蓝色巨人把当前的重心放在软件和服务方面，使公司的工作重点由硬件业务转向业务解决方案。在宝洁公司，雷富礼坚持认为 50% 的创新应来自公司外部，并设定一些目标来壮大品牌，制定高层次的架构。有了这些广泛而更高层次的目标，个别商业领袖还需要制定增长计划，使这些目标更加清晰明了。

经历了惨痛的教训，杜邦公司意识到了这一点。在霍利戴的支持和巴布·库伯（Bob Cooper）的指导下，多年来，"知识密集型大学"规划小组把效率放在第一位，在全公司范围内营造鼓励增长的氛围（在本书第三部分，我们将分析启动此类增长计划的一般原则）。小组成员首先建立工作室，确定机遇所在，并拟定一些小规模的运营计划。此时，他们遇到了大麻烦：部门领导们虽然理解了增长计划的大致目标，却没有遵循成功的定义或者公司期望获得成功的竞争范围。结果，与 IBM 未采纳新兴商业机会项目时一样，杜邦公司为增长计划分配的资源杂乱无章，或者根本没有落实资源分配；员工绩效评估并未反映增长；多数计划延期。正如库伯后来所说："我们于 1999 年 4 月启动计划，单纯地认为只要将一些从事既定业务的优秀员工集合在一起，营造出激励创意的氛围，就可以实现增长。"

高层领导没有机会重新思考业务构建方式，只能明确当前的工作重心。在很多研究中，这被定义为最主要的增长障碍。我们需要将高层领导团队的日程由当前业务转向未来业务。

杜邦公司的解决方案是，从一开始考虑增长范畴时，就重视领导团队的作用，迫使他们遵循成功的定义及目标范畴。此后，知识密集型大学规划小组在业务定义前后分别举办半天至一天的领导会议。前后两次会议的成果包括阐述核心任务、选定一些语句以指出哪些变量决定机遇好坏、定义可行的增长领域、高层领导者承诺为计划安排时间并提供资金、简要沟通（我们称之为电梯演讲）以及为推动增长计划而发起必要的组织变动。前后两次领导会议还评价了根据筛选标准提出的建议，并促使领导团队承诺为已批准的计划筹资。

≫ 一般领导构架会议的成果 ≪

知识密集型大学规划小组最终选定了一些核心成果。我们认为，这些成果有助于高层领导团队协调一致、战略明确。

核心任务。杜邦公司所说的核心任务，是指有效利用杜邦公司能力强化核心客户价值。例如，针对杜邦公司的表面装饰业务，规划小组最终决定将成功的核心动力由提供产品和功能材料，转变为利用旗下星宿（Zodiac）品牌为客户打造库伯所说的"精彩"。星宿品牌针对高端家庭而设计，产品可以与花岗岩相媲美。这一运用从根本上改变了公司的运营方向，如今，销售业绩蒸蒸日上。核心任务是使业务与之匹配的战略方向。

筛选语句。筛选语句即采用同一套标准评价理念，清晰明确地阐述哪些机遇可以把握而哪些无法把握。至于知识密集型大学规划，一般选定的要素包括市场吸引力、商业化简易程度、提议的独特性或可控性。通过重新检验以往的计划以及确定可能促进或阻碍成功的要素。我们为杜邦列举了一些常见要素。而后，我们与高层领导团队一起，为每项表述设定具体的评分要素。分数设定有所偏重。表1—1即杜邦公司所用的模型。

表 1—1   杜邦公司市场适应性计分卡筛选模型

维度	排除（分值最高为 9）	合格（分值为 5）	不合格或问题所在（分值为 1 或更小）
大客户推动	根据基于需求的分类或者确定客户需求强劲的实际试验结果，从而得出确凿证据。	我们通过讨论确定证据论证客户需求。在讨论中，我们会询问一些问题，比如客户需要从杜邦公司得到什么。	客户需求由内部研究决定。
有利趋势	宏观经济、行业或调控的趋势强劲，有利于我们为客户提供商品或服务。	趋势似乎与我们提供的商品或服务无关。	市场似乎对我们不利。
杜邦面临的机遇规模	3~5 年内，该机遇至少可以达到 5 亿美元的规模。	3~5 年内，该机遇至少达到 1 亿~4.99 亿美元的规模。	3~5 年内，该机遇可以达到不足 1 亿美元的规模。
中止的能力	我们的商品或服务可以彻底改变客户的业务模式。	我们的商品或服务可以明显改善客户业务模式。	我们的商品或服务可以满足客户需求的物理属性。
如何实现市场定位	我们可以打造强大而牢固的市场渠道。	我们可以进入市场。	没有明显改变该行业，我们的市场渠道很可能会无效。

    我们需要领导团队提供真实的信息，以便逐项对照表中这些描述。根据我们的经验，这值得一试。针对真正紧要的项目要素而进行充分讨论，可以使得领导团队成员对此有清晰的了解，并促进战略协调一致。此外，没有最佳的筛选语句。一些要素也许会使一个公司推崇某个项目，但对于另一个公司而言可能就不适用。

    潜在的增长范畴。根据上述爱德华·琼斯提出的清晰的战略性描述，杜邦领导层列出潜在的增长范畴。也就是说，他们划定了公司的服务对象和创造价值的方式，并确定竞争优势的来源。库伯描述了增长范畴在杜邦其他业务领域的应用形式。

这些理念的实际运用有一个不错的例子，即我们与集团副总裁爱伦·库尔曼（Ellen Kullman）领导的安保增长平台的合作。以前，他们的核心业务是出售产品（例如芳纶）。知识密集型大学规划领导会议决定，安保平台致力于发展人身及财产安保业务，着重提出解决方案而不是仅仅提供产品。

根据 2008 年一则新闻报道，安保领域自 2002 年纳入知识密集型大学规划开始，业绩已增长 65%，并在全球范围内持续稳定快速增长。

除了先前的任务，在会议上，领导者还要明确指出具体的资金来源，包括为业务建设进程拨款、切实以增长重心为重。领导者还需预备简短的谈话（非常短，可以在电梯里完成），在谈话中一定要删去不必要的要素。经理们进一步承诺，为促进风险投资进行必要的组织和变革（实际采用了我们在《市场爆发器》[MarketBusters]一书中提到的风筝型架构）。

杜邦公司知识密集型大学项目依然影响着公司追逐增长机遇的方式。库伯退休后，丹·埃德加接手了大部分知识密集型大学程序，他认为，当公司在新兴市场中追逐机遇时，这些程序中的大多数仍然可以付诸于实践。实际上，杜邦公司的新兴市场战略也得到广泛认可，被评为公司的主要增长源泉和投资亮点。

≫ 实际构架会议的细节 ≪

杜邦公司的管理人员意识到，如果没有清晰的领导架构，为实现增长付出再多的努力，也会因缺乏战略重心而受挫。我们从其方案中接受了教训。那么接下来，我们来看看与我们合作过的一家公司，其高层领导团队已经明确了自己在构建清晰架构时的角色。

发现导向型增长模式的实质是：公司在明确了所要达到的目标之后，制定实现未来目标的方案。具体来说，在公司层次划定目标之后，必须制定一组着眼于特定增长动力或提高生产率的计划。每项重大方案都必须单独规划。在本章中，我们将描述构架操作；而在第 3 章中，我们会分析如何拟定这一系列增长计划。

推动增长日程

以下几段文字，将详细描述现实生活中公司层级的构架会议事项。这是欧洲一家大型跨国并购公司子公司的项目。该公司负责调研、定位并生产其他公司生产最终产品所用的材料，因此，我们称之为材料股份有限公司。该公司总裁致力于推动公司内部成长和收益率的提高，聘请我们帮助其推动增长计划的实施。项目持续了大约 9 个月，不仅包括领导层决策制定会议，也包括机遇头脑风暴和具体项目发现导向型规划会议。目标在于，经过多年整合与强化操作，为公司推出基于创新的增长方案。

为了与高层领导团队、主要问题专家分享经营理念，2006 年 1 月，我们召开了首次会议。大约一个月后，我们建议，在开始调查机遇或着手发现导向型规划之前，公司应召集我们与其整个决策管理团队和一些博学的非执行标的物专家，召开一整天的会议，以建立公司范围的架构。我们解释了增长方案架构理念，并要求大家讨论哪些因素能使得时间与精力的投入物有所值。为保证此次讨论顺利进行，我们告诉与会者，他们需要思考自己的未来发展。

　　总裁指出，当他担任这一职务时，材料股份有限公司的营业收入在其行业内排第 8 位，他的任务很明确，在 3 年内将公司排名提高到前 5 名，5 年内提高到前 3 名。这通常是确定增长目标的动力。也许，这是以主要竞争对手为基准、以特定回报形式表现的股东期望，或者在行业内实现量和质的转变的远大目标。我们没有其他方案，只能以竞争者（或者为客户所信赖的公司）为基准着手分析实际目标。在第 3 章中，我们将给出具体例子，描述其操作方式。

　　对于材料股份有限公司来说，目标在于提高其在行业中的排名。确定了这一点，我们开始分析：为了实现这一目标，公司资金的投资方向需要做出怎样的改变，基础业务必须实现多大增长。最乐观的估计是，在 3 年内实现基础业务增长约 12%，其中利润增长 15%，而新业务需要填补相当大的利润缺口。项目组得出了一个结论：当前寻求机遇的方法无法实现发展目标（亚马逊网站创始人杰夫·贝索斯指出：比起日常业务，人们倾向于提出新的创意）。项目组并不知道接下来会出现哪些新创意，只是确定新战略应包含 5~10 个可实现目标收入额的具体增长机遇，并且具有带来 15% 或更高幅度利润增长的能力。

　　当项目组开始灰心时，我们建议简要讨论确定（早一些，在还没有进行投资的时候）一些至关重要的架构性建议。首先，若架构只涉及内部成长，增长目标不可能在 5 年内实现——收购一直都很重要；其次，循序渐近的方式不可能带来预期增长——企业需要真正具有突破性的机遇；再次，由于行业现有最佳业务并不能实现如此高的增长目标，企业必须超出行业现行经营方案才能追寻机遇；最后，企业如果期望持续提高利润，就需要坚持更加良好的运作和边界效益的提高。

　　在会上，我们根据架构确定了符合公司利益的项目，并明确了如何运营这些项目以推动增长。高层领导团队本身参与初步制定了一组筛选语句，并采用目前顺利进行的若干提案进行检验，这使得高层领导团队拥有了一致的理念和明确的工作重心。由于没有实际组织会议，我们还降低了成本。事实上，我们没有浪费金钱寻找哪些创意可能无法满足架构或者无法通过筛选。这样，决定哪些事不能做，就可以从开始就节约资源。

　　接下来，为了选定机遇，我们又与公司高层领导团队召开了4 场会议，并与个别经理一起研究潜在的新创意。经过长达 6 个月的研究，高层领导评价了 70 多个潜力巨大的创意（其中一些包含收购方案），同意对其中约 20 个创意进行进一步研究，并为大约7 个创意落实资金。同时，其他一些团队也在努力提高核心业务效率，如技术方案合并和外包。在我们参与的 3 项主要计划中，公司采用了发现导向型规划（我们将在后续章节中加以描述）。而经过工作人员的学习，该方法在全部主要计划中都得到了实际运用。初始构架会议结束两年后，材料股份有限公司进展顺利，有望实现其预定目标，并与母公司另外两个部门合并以实现重组。然而材料股份有限公司没有因为成为规模更大的跨国公司而突然增加销售额，材料股份有限公司的规模在业内排不上前十名，但其高层领导声称，公司的相对地位上升很快，他们对此深感欣慰。

　　在公司例行预算会议上，与令人欣喜的具体成果相比，经过幻灯片演示，主管领导倾向于批准自己的重点项目，而未能像高层管理团队在建立架构时所指出的那样，清楚地指出项目应当如何克服预设回报率的影响。人们如果并不清楚应该提出哪种观点，往往耗费大量资金以及比资金更重要的人力。尤其糟糕的是，很多公司错误地以为任何机会都是好的。通过这些步骤，人们将要获得的创意，要么对公司现有能力和品牌（哈雷－戴维森香水，任何品牌？）毫无作用，要么即使成功也不可能带来很大增长（这使我想到惠尔普 [Whirlpool] 闪电进军虚拟自行车比赛的例子）。

高级管理团队在如何构建架构方面达成了一致意见，但对于哪些业务机遇值得一试却看法不一。高层领导可以利用共同架构，在自己业务模块内安排并落实一系列行动方案。

构建公司层级的架构

还有一个实例可以帮助我们理解公司构建架构的详细步骤。接下来，我们将多次提到这一具体案例，以了解个别项目或计划层级面临的挑战。然而现在，我们要关注的是公司的战略任务。

节能服务公司是一家跨国集团的美国分部，主营分销业务，业绩尚可。新上任的总裁力图将效益提高到新的水平，他引进了我们的一门课程，以便获取全新理念。经过对发现导向型规划的学习，他认定这一方法会论证出对其组织有利的原则。由于公司架构是发现导向型战略的出发点，我们就从构建架构开始讲述。

发现导向型增长模式，实质上是由公司确定预期战略成果及实现方式。具体而言，在设定公司层级目标之后，必须制定一系列计划并确定相关项目，其中每个项目都指向推动增长率和生产率提高的特定方案。每项主要计划都有相应规划。在本章中，我们将讨论构建架构的相关操作。在第 3 章中，我们会讨论如何拟定一系列增长计划。

2007 年，我们开始与节能服务公司合作。公司委托我们帮总裁将节能服务公司的业绩提高到业内顶级水平。为此，我们开始收集

一些基础财务信息。首先，我们收集了最近 1~5 年内节能服务公司
和业内最佳（或者说高效）公司在利润、销售增长、差额及资产回
报率（return on assets, ROA）方面的业绩数据。2006 年节能服务公
司的经营状况如表 1—2 所示。

表 1—2 节能服务公司业绩数据

	2006	2001	5 年内的年增长率趋势	
			节能服务公司	业内最佳
利润	9 500 万美元	880 万美元	1.59%	
销售额	190 万美元	170 万美元		
销售额增长率	4.7%	4.6%	0.43%	6.0%
ROS	5.0%	5.3%	−1.13%	5.5%
ROA	8.0%	7.9%	0.3%	8.5%

注：ROS：销售回报率；ROA：资产回报率。

正如你所看到的那样，2006 年 9 500 万美元的利润，已是几年
来的最佳业绩。5 年来，年销售增长率低于 2%，利润微乎其微且不
断下降，资产回报率也很低。此外，市场竞争愈加激烈。在大部分
关键指标方面，其他公司也在不断超越节能服务公司，在表中最右
列，展示了被总裁称为头号对手的公司在 5 年内的增长业绩。尽管
头号竞争对手不会公布精确数据，但毋庸置疑，节能服务公司已经
在各个方面落后于对手。除非应用重大技术突破，否则在这类行业
不可能获得优势结果。

对于增长本身的目标（发现导向型规划的第一步），在高层管
理团队的支持下，新上任的总裁建议，公司应努力实现利润超过头
号竞争对手的目标。尽管分销行业形势不容乐观，这依然不是异想
天开，总裁及其同事认为，在 2007—2012 年期间，合理的增长预
期为：5 年内利润增长率复利达到 6%，同时资产回报率和销售回

报率都有所提升。这就形成了增长方案的设计架构，并阐明了高层管理团队在实现目标时面临的重大挑战，见表 1—3 的"差异"列。这一列实际上指出：根据增长方案，节能服务公司必须确定如何才能实现比目前多 3 300 万美元的利润。

表 1—3　　　　　　在节能服务公司创建有价值的架构

	预计增长	2006	2012 年目标	差异
利润	35%	9 500 万美元	1.283 亿美元	3 330 万美元
ROA		8%	10.0%	
ROS		5%	5.5%	

通过指明预期利润目标对于业务中其他因素的影响，我们就可以进一步界定挑战。表 1—4 展示出重要业绩挑战。结合增长利润及利润率，我们要求利润增长 35%。然而，为了实现这一目标，公司必须提高以下三个方面的业绩：销售额需增长 22.7%，成本增长不能超过 22.1%，资产增长不能超过 8%。这些数字尽管让人望而生畏，却也非常具体，人们可以依此判定某个创意是否能够克服障碍。这正是发现导向型规划的优点所在：通过该规划做出假设，在诸多业务因素之间建立直接的联系，以便后续检验。

该分析阐述了提出公司层级战略目标的增长架构原则。下一章，我们会接着讨论如何确定实现这些目标的项目和其他活动。

表 1—4　　　　　　利润增长挑战对节能服务公司的影响

	2006	2012	增长	增长百分比
所需利润	9 500 万美元	1.283 亿美元	3 330 万美元	35.0%
所需收入	19 亿美元	23 亿美元	4.318 亿美元	22.7%
可容许成本	18 亿美元	22 亿美元	3.986 亿美元	22.1%
可容许资产	12 亿美元	13 亿美元	9 500 万美元	8.0%

行动步骤

在本章结尾，让我们对行动步骤加以总结。这有利于高层领导团队采用概括方法，从公司高层（通常区别于高层管理团队）的角度为某个部门或者某些特定业务拟定增长战略。因此，在杜邦公司，规划小组运作于业务或增长平台层级，并接受知识密集型项目的安排。

1. 小组在运作中会认可一些业绩新标准。这些标准有一定的难度，但也有现实意义，可以促进公司充分利用竞争优势、避免超负荷运转。如果针对不可能继续增长的收入和利润设定目标，怎能实现成功？

2. 现在，后退一步，对现有组合加以分析，以确定你所讨论的计划是否足已带来新架构所需的业绩水平。如果不能，努力制定新的计划，确定新计划的数据和类型（包括目标效率和目标增长率），以使公司基本达到目标业绩水平。

3. 你需要尽最大努力确定自己对于客户的核心价值，并锁定目标领域，如地理、技术和其他方面的领域。努力使这些表述明确具体，这样就可以很清楚地知道，哪种项目可以采纳，哪种项目不能采纳。

4. 小组成员讨论确定一系列公开表述，而你能够承诺采纳这些表述。通过你所提出的一些计划，可以对这些表述加以检验，而后进一步提炼。下一步，你将根据这些表述做出一系列重要决策。因此，严格的练习就显得格外重要。

第 2 章
组织调整，促进增长

本章假设你已经采取了发现导向型增长模式的第一步——拟定计划，即：从高层领导层次选定一项清晰明确的增长战略，并进行公开具体的阐述，引导人们认清哪些机遇值得争取，哪些机遇不值得一试。然而，真正实现增长不仅需要强制施行的架构规范，更需要资源分配以及集中精力。因此，本章中，我们将讨论，如何才能确保你的资源和其他组织能力与高层领导团队的战略相一致。

本阶段，你会为以下决策头痛：是否应该投资于某项高风险高回报的项目？或者说，你是否应该坚持成功率极低但即使失败也对公司影响不大的项目？你是否应该注重核心业务，或者你是否应该把精力集中在更大的发展空间？对于掌握增长计划的人员，能否给予适当的奖励和引导？我们发现，下一步最好能拟定公司当前资源分配方向的概念图。而后，你可以开始分析，这些计划的资源分配形式能否对你的战略予以支持。毕竟，你是依据战略为方案和计划分配资源，而不管你在战略演示时说了什么。我们所坚持的理念，称为机遇组合。这一步骤在图 0—1 中有所展示。

≫ 你的增长愿景：机遇组合 ≪

要使具体增长计划符合组织高层的大体架构，重要的是让高层管理团队（以及在业务方面或部门层级与之合作的每个相关综合管理团队）明白公司把资金花在了哪里。高层领导团队还需要进一步确保资源分配与发展战略保持一致。我们开发了一些颇受欢迎的工具，其中之一是"机遇组合图"。在第一本书中，我们介绍了这一概念并加以强调。机遇组合是组织运行的主要计划的虚拟图。它聚集了一些关键信息，这些信息可以帮助高层领导团队判断既定架构是否得以有效贯彻、资源是否切实分配。

如图 2—1 所示，机遇组合的研究对象，是在公司因每项计划面临不确定因素的分布情况下。图中横坐标体现市场及组织的不确定性。如果不确定性高，也许你就不知道客户是谁、客户预备支付的价格、报价如何分配，或者核心卖点是什么。如果不确定性低，你就应该清楚地把握这些变量。图中纵坐标是我们所说的技术或者能力的不确定性。如果这项指标很高，你可能无法了解技术标准、实现目标所需成本是否合理、哪些技术更重要、你能否获得足够的重要技术等等。很明显，图中具体项目越趋于右上方，你所面临的不确定性越高，计划越不可预测，发现导向型增长模式工具，例如发现导向型规划，就会变得更加有用。当公司位于图形左下角时，常见工具和计划仍然有用。

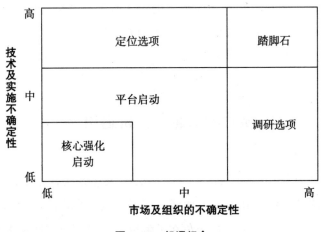

图 2—1   机遇组合

机遇组合的绘制方法很多。我们先将每项重点计划画成椭圆，在椭圆中注明完成计划的人员数，椭圆的大小代表其升值潜力的大小。通过这样的描写，我们就容易理解，投资（包括人员工时）与收益是否一致，不确定水平是否在我们承受范围之内。从我们引入这一简易理念以来的几年间，公司适应了很多变化。一般来说，我们会利用不同色彩反映项目与特定战略计划之间的联系，或者采用折线或实线、不同的填充方式、不同的图形体现其他信息。实际上，图表画法没有硬性规定。唯一的规则是，不管你怎样画，不同项目都要保持一致，并要设法确保某个公司在图中相应位置的判断明白易懂又合情合理。

通过不同的管理议题，增长机遇组合图中每个区域所指代的计划，都体现了不同的管理议题。在机遇组合图中，不同类型的增长机遇扮演着不同的角色，但都非常重要。机遇组合可以帮你选定，何时应采用传统工具（比如现金流折现法分析），何时应采用发现导向型工具（比如我们在接下来的章节要讲的发现导向型规划）。

核心强化启动

核心强化启动是指可以提高核心业务利润流和增长率的项目。这些启动项目的创新性或许很高，但它们建立在公司已经成功实践的业务之上，并对这些业务加以优化。提高运作效能的投资，就属于这一类型，比如对主要系统进行升级，如信息技术、人力资源或供应链系统。运作效能项目的目标在于提高现有收入的利润率，通常也是公司增长战略的核心部分。实际上，在虎视眈眈的竞争者面前，倘若没有这些计划，公司很难维持领先地位。

苹果公司以创新和时尚的产品著称。在 1996 年创始人史蒂夫·乔布斯返回公司后，苹果公司全面改革的关键在于对效率和运营的重视。正如在《商业周刊》一位知名记者在 2000 年一则封面故事中所说：

> 注意：这家以固执、自由、浪费闻名的公司，开始提升运营效率。乔布斯通过生产外包、清理存货、将 25% 的销售转移到在线商店、将分销商数量从两位数降低到两个，成功地将开支由 1997 年的 81 亿削减为 1999 年的 57 亿。这样，再加上新产品的作用，苹果赢回了盟友。

其他类型的核心强化项目，通过向新市场拓展、最大限度满足现有客户的需求、或者将现有品牌扩展至毗邻区域，努力增强其收益流。事实证明，消费品巨头——宝洁公司可以熟练地发掘核心品牌的潜力，推动其增长。这一做法同样促使汰渍洗衣粉成为快速增长的品牌，在产品定位、包装、产品容量、用法（比如，降低对水温的要求）以及使类似产品品牌化方面实现了创新，例如汰渍"染色棒"。仅在北美市场，汰渍品牌的销售额就达到了 30 亿美元，成为公司主要增长点，这是一个不小的成就。这类项目大都具有创新性，不确定性通常不高，可以采用传统工具进行规划。

≫ 平台启动及相邻区域 ≪

平台启动是指一些主要项目，通常需要大量投资，使公司进入新的领域，实现大规模增长。顾名思义，平台项目的目标是，建立未来收入及利润大幅度增长的平台。显然，与核心强化项目相比，这些项目本身就面临更大的风险，因为平台要求公司同时探寻新能力和新的市场领域，而平台又异常脆弱。通常，我们会认识到，在内部资源方面，新平台与核心业务项目会产生冲突，因为核心业务项目会占用（有时也会吞并）原本用于新平台项目的资源。这种现象指导着 IBM 公司拟定新兴业务机会或新兴商业机会的方案，这些我们已经在前言中进行了分析。新兴商业机会方案确保平台启动的资源落实到位。启动条件不成熟，也会对潜在平台造成负面影响。比如技术或创意会被人们反复争论，并视为下一步的重要任务，但却没有人为这些技术或创意着手搭建业务模型。我想到无线电波频率辨识技术，该技术可以应用于物流和行李处理方案。尽管人们从 20 世纪 80 年代末期就已经谈到这些应用，却未能形成技术能力、市场需求和应用设计的正确组合，这项技术也就未能带来高增长率。

成功平台为公司开拓全新领域，通常还会打造全新的产品或服务类型。微软通过采用家用游戏机系列产品打入游戏领域，这一举措称得上是业务应用软件巨头的新平台。苹果公司进入手机领域的尝试，创造了电脑与音响设备以外的新平台。宝洁公司推广新的混合型产品，如速易洁系列清洁产品，不仅开创了新品牌，而且使无数延伸产品系列成为可能。而约翰·迪尔（John Deere）也利用农业器具，在全新产品领域——对约翰·迪尔而言——实现了高速增长：让农业客户实现更高效率而出售 GPS 自动导航系统。

未来增长选项

核心强化启动和新平台启动意味着当前投资增长。传统规划和管理理念仍适用于这些领域（尽管机遇对你来说越陌生或者不确定性越高，你就越希望采用发现导向型方法）。然而，投资于不确定性高于当前业务的机遇，就是我们所说的现实选项。**现实选项**，或者亚马逊网站贝索斯所说的"种子"，其投资对象是业务，并不是为了获得短期回报。相反，这些投资是为了学习。

具体说来，选项是规模相对较小的投资。通过选项，我们就有权利进行下一步的投资，但也不是必须进一步投资。净现值计算为传统业务提供了财务准则，而选项追溯也为发现导向型增长模式提供相应的财务准则。这一理念是通过限制你的下降趋势、尽量增大向上发展所获价值，达到控制风险的目的。因此，即使你无法计算精确价值，通过现实选项追溯，你仍然可以区分某项投资机遇吸引力的大小。

管理者在转向新领域时，往往直观地以选项导向方式思考。因此，他们会在正式启动之前进行 β 测试，在全面引进之前进行市场测试，并承诺在全面生产之前拟定试点方案。然而，在以下两个方面，高层领导往往无法有效的控制自己的选项。首先，他们将同样的规划、控制和预算系统加之于他们对公司的其他运营选项。这样毫无意义，如果你掌握了如此运行选项的充足信息，它就不再是选项。

其次，通过项目筹资方式削减选项利润，这样处理也不妥当。现实选项的核心，是在大额投资之前进行小额投资。这样一来，如果你发现这一创意无法实施，失败成本也会降低。切记，将失败成本保持在你可以承受的低水平。然而在很多公司，逆向激励导致管理者力求全额资金投入，这意味着一旦该项目失败，损失会非常大，风险会扩散。但他们却无法停止战略，进行冷静思考。

因此，尽管核心强化和平台启动可以通过采用传统规划和管理方式获利，然而对于任何项目来说，不确定性越大，项目越能从现实选项追溯中获利。接下来，我们将概述，管理者如何将财务准则应用于这一特殊类型。

将核心发现导向型投资原则作为现实选项追溯的应用原则。 发现导向型原则并不遵循传统投资路线，而是关注其灵活性，注重学习。

- 确保所有投资都有升值潜力，如果你确实成功了，这项成功会带给你应有的利益。
- 确保你确定这项投资升值潜力所需要的代价相对较小。
- 确保你有能力停止进一步的投资。
- 对一系列创意进行投资。
- 确定投资阶段和顺序，以便你对这项投资进行定期讨论。

这些建议与传统的现金流折现法的投资观完全不同。依照传统的现金流折现法的分析，评价项目的前提是，所有重要参数都已知，通常项目资金也会全程落实到位。现金流折现法可以用来分析确定性较高的资本项目及核心强化项目，存在很大风险的计划却不适用。针对这些计划，现实选项追溯可以取代现金流折现法的分析。

控制下降趋势和增强向上趋势，以追逐低风险的机遇。 优秀的创业者重视自己的每一分钱。你的项目花费越少，项目风险就越小，一旦失败，你的损失也就越小。不要像我们所说的"始发站"一样，在收益流未能建立之前就计算成本。理性的公司反而会努力"建流"，这样只有找到带来收益的机遇，成本才会产生。这是选项投资方式的基本原则——尽力使你的下降趋势很小并严格控制，这样你所面临的风险也会得以控制。同时，如果创意暗含丰富的机遇，你就有机会到达顶部。风险和收益不对称，体现了选项的价值，也可以使发现导向型增长模式充分发挥作用。

运气不好与管理不善：失败速度快，损失小，不影响正常运营。 能够区分运气不好与管理不善，毫不留情地停止毫无进展的项目，这对发现导向型增长模式来说非常重要。关键是，你的团队不能认为停止项目就是耻辱。努力获得有价值的认识、知识或新能力，这与发展新业务同样重要。实际上，根据我们对公司风险的研究，我们发现，核心业务是否健康，常常取决于增长性项目引发的活动，即便项目本身已经结束。

根据发现导向型增长模式，你应当更加关注失败成本而不是失败几率，你应该敢于终止错误的选项。此外，每个选项都应该有潜力成为未来某个时候的平台，但如果没有成功，以转变成能力或者知识形式进行补偿投资，也可以增值。

巴布·库伯（我们在第 1 章中介绍的杜邦公司高级管理人员）在《金融时报》最近一篇文章中，引用了麦克米兰（MacMillan）的话：

"不要控制失败风险，要控制失败成本。"也就是说，成功的改革者不会避免犯错。相反，他们会犯很多错误，但他们会使错误的成本很小，并出现很早。在机遇发展早期，成功的改革者会进行试验，采用快速而不完善的雏形，迅速对创意加以检验和改善。同时，改革者自身也会随着机遇的发展而不断进步。

投资于不同类型的选项，有助于了解不同类型的领域，以实现不同的战略目的。下面我们将一一加以分析。

定位选项

定位选项是指你的公司坚信存在客户长期需求的一些未知领域。对于这些领域的处理方式，公司也许并不知晓。例如，在撰写本文时，全球移动通讯服务明显存在巨大需求。但人们并不知道哪种潜在技术、或者哪些技术在满足需求方面最为有效。不同公司投资于不同的技术，如码分多址技术、全球微波互联接入技术、无线上网技术以及一些未知组合。不同公司也采用不同的业务模型。例如，诺基亚公司正在试用广泛的技术配置，包括互联网蜂窝网络免费电话，无需传统电话载体结构即可接入互联网。在这种情况下，定位选项就像对冲业务，如果预期出现问题，可以很快找到替代选项。

在其他情况下，应对既定市场所需的能力或解决方案，不一定非要从中获利。在这些案例中，公司做出定位选项投资的目的在于充分学习，以实现对新兴需求的有效定位。语音及语音识别的历史证明了这一点。数十年来，公司无法将识别系统的效果提升到普遍应用的标准。直到最近，最新技术项目由主要选项转变为大规模成熟启动项目，语音识别服务才成为主流。近期有个例子非常有趣，波音公司在 2008 年公告中宣称，他们正投资于重型货运飞艇。而波音公司在此前实施的一项失败计划，以及德国货运飞艇制造公司业务的惨败，都已经证实，这项创意并不可行。内陆地区对重型货运工具有明显需求，但迄今为止还没有哪家公司能够提出一项在成本上划算、技术上可行的解决方案。

因此，定位选项主要是为了实现两项主要战略目标。首先，防止意外事件发生；其次，提供安全的方式，使公司员工可以了解新机遇或技术而不会为即时业绩而头痛。还要注意，定位选项有可能遭遇"失败"，但只能算是未能奏效，而不是真正的业务失败。把定位选项当作试验，在试验中，即使是不予支持的假说也有自己的价值。这就是选项的重要性。

调研选项

如果你认为你所拥有的能力或技术对一组客户而言可以实现价值，但你并不很确定，调研选项就能派上用场。通过调研选项，我们可以尝试用不同的方式进入行业，进而确定哪种方式最有效。随着公司越来越清晰地了解客户需求，调研选项通常需要调整项目理念。理想情况下，调研选项成本低廉。但有时，很不幸，成本会很高，但这是唯一可以充分了解客户反映的方法。

亚马逊网站在第三方销售业务领域的最终成功，正说明通过试验和重新定向，可以清楚地知道机遇所在。为了适应非亚马逊网站卖家的需求，网站首先在 1999 年引进在线拍卖，拍卖形式类似于互联网拍卖网站——易趣。尽管人们会认为这很有意义，但正如贝索斯所讲述的，亚马逊网站服务的客户群以高度便利为导向，大多希望能够当场达成交易。相反，易趣客户却乐于为完成拍卖多等几天，从中享受追求的刺激。因此，在易趣"拍得"的含义，并不等同于在亚马逊网站单纯地购买一件物品。

而后，亚马逊网站尝试运作一个概念——"Z店"，其中，第三方卖家可以在亚马逊网站出售商品，但卖家并未利用亚马逊网站提供的页面，而是在自行设计的页面独立实现交易。这也没有达到预期效果。最后，公司将第三方卖家置于亚马逊网站提供的页面，从而为品牌替换创造了巨大的潜力，并从当前更多的高效第三方卖家中获取全新的收益机会。亚马逊公司财务总监称，截至2005年，第三方卖家销售了公司全部商品的28%。

具有讽刺意味的是，目前易趣发现自己以拍卖为中心的业务模式正逐渐衰退，许多客户最初在线拍卖寻宝式的激情慢慢淡去，更多客户偏好产品已知、价格确定的销售带来的便利。他们越来越不喜欢拍卖全程的等待（也不希望因拍卖的竞争使自己出价过高）。最近新闻报道称，易趣的一口价、定价交易额占总销售额的42%，这部分业务也在快速增长，每年增长22%。

踏脚石选项

踏脚石选项指的是最不确定的一类选项，因为我们不知道最终需要何种能力或技术，也不知道最终的市场需求及其形式。公司之所以对这些机遇进行投资，是因为公司相信，未来这些技术或市场会非常重要，而公司并不希望落后。我们称这类型机遇是"踏脚石"，这是为了勉励公司从创意到初步的市场引进的过程的跳跃性不要太大，而要以降低不确定性为目标，从一个发现一步步推出另一个发现。

纳米技术商业化反映了一种"踏脚石"形式。根据这项技术设计出的产品迅速拓展其应用领域（包括诸如在分子层级加工方面的应用），但目前该技术并未得到充分应用。商业化产生了早期现金流，使人们深入了解了技术的应用方式。就这样，纳米技术用于艾迪·鲍尔（Eddie Bauer）抗污渍卡其裤、丰田汽车保险杠、威尔逊体育用品公司（Wilson）高级高尔夫俱乐部以及诗乐辉抗菌伤口敷料。我认为，通过早期投资，公司可以承担最低成本和最小风险，并开始逐步寻找当前并不存在的、充满希望的巨大市场机遇。

≫ 现有机遇能否实现增长目标 ≪

高层领导团队采用机遇组合方式，首先需要认清以下两个问题：（1）公司实际进行哪些战略计划？（2）当前公司拟定并予以拨款支持的计划，是否有利于实现战略性架构中的增长目标？

有效增长的公司可以保证原定分配给新机遇的资源不会被核心业务侵吞。正如我们提到的，IBM 公司有自己的新兴商业机会方案，保障新业务的资源不受核心业务需求影响。诺基亚公司采用结构性分离方式，将新业务安置在独立部门，从而对新颖的创意给予足够的关注。三星公司为团队提供校园式的空间以便于新产品的设计工作。不管实际怎样操作，我们的原则是，原定用于新事务的资源确实用于新事务。

你也许会惊讶（我们经常这样），简单绘制现行项目图示，往往导致高层领导团队摸不着头脑。通常很明显，高层领导既定战略

与实际预算以及项目批准决策（决定实际推行哪项计划，不推行哪
项计划）之间会出现脱钩现象。例如，回想一下，在评价跨国材料
公司主要发展优势时我们所绘制的组合图（见图2—2）。这种图形
排除了机密信息，以椭圆形式对每项主要计划予以展示，而椭圆大
小代表预计上升潜力。这些计划都具有正净现值。公司战略是通过
对特定发现进行商业化而促进组织增长。

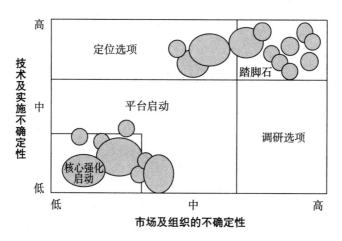

图2—2　涉及重大差别的组合

　　通过对组合图的评价，我们发现，战略与实际推行的项目完
全不一致。公司研究员认为，他们的工作是提出优秀的新发现，其
中很多发现在组合图中位于"踏脚石"区域。同时，部门经理们从
自身战略业务单位的角度提供可靠数据，并因此受到奖励。战略杠
杆、程序或者奖励并不能确保新一代投资平台有把握。人们不会排
斥研究工作，因为人们认为这项工作值得尊敬，可以容忍研究失败。
人们也不会排斥核心业务工作，因为一般认为这类工作在评定、奖
励方面的风险很小。但人们会认为新一代平台工作有风险，个人风
险大，而公司也对此不太感兴趣。另外，研究员不会坚持现实业务

下方的项目，没有人会真的去分析潜在结果的上升趋势。

很明显，公司无法轻易地实现两位数的直线增长。结合此项分析（以及其他很多分析），公司可以重新规划组织结构和激励体系，并重新制定项目审查与批准的原则。目前，负责平台项目的是独立的增长小组。每个小组的领导者都是高级管理人员，能够确保方案获得适当的资源和高度透明的管理。根据公司科技水平分析，确实存在着极佳机遇，这对公司来说是个好消息。公司缺乏的是适当的管理程序。如今，重构核心业务成为难题，但由新平台产生的新兴业务也发展迅速。

对软件公司来说，由于产品安装及维修成本高昂，情况就完全不同，风险也许更大。在我们开始与一家软件公司合作时，其增长组合与图 2—3 类似。

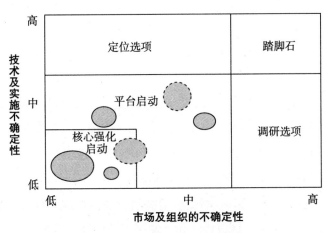

图 2—3　保守组合的增长机遇

该公司通过收购实现较大增长，有时侧重协调和匹配基本操作。然而，卓越运营的重点在于，将收入投资于新创意。结果，公司投入几乎全部的资金和人才，强化核心业务，并建立了两个相对稳定的新平台。这些平台只是简单地应对公司竞争者的转变。

根据组合分析，总裁及高层领导团体用了 9 个月的时间强调机遇界定，对公司战略进行了相当严格的审查。最后，他们从已发现的超过 120 个机遇中，选出了 26 个具有高度吸引力的机遇概念。公司结束了对 7 个相关项目的资金提供，并将首要计划作为公司主题。公司设定架构的目的在于实现有效增长，而战略工作中注资和界定的计划也将会带来增长，高级管理团队成员在架构和增长之间进行反复的论证。调配投资组合，这也是高级管理团队成员的主要任务。公司在核心业务投资之外，也为投资组合预留了资源。

≫ 采用机遇组合模式推动杜邦生物材料业务 ≪

在杜邦公司一些主要业务方面，机遇组合发挥着非常重要的作用。现任副总裁和杜邦生物材料业务总经理的约翰·拉涅利（John Ranieri），采用了本章所介绍的方法，尤其是现实选项追溯法和组合方法。2002 年，拉涅利加入杜邦公司的一个部门，该部门设立的目的是实现更"环保"的业务模式。查德·霍利戴为拉涅利设立了公司层级目标：在资源消耗量不变的前提下，至 2010 年，杜邦公司实现营业收入增长 25%。利用机遇映射方法，拉涅利控制了许多预定用于生物、化学、材料科学和开发更为环保的能源等方面的投资。正如我们所建议的那样，他确保每个既定项目都在组合模式内进行评价，并且当团队提出某些方案可能最具有成效时，他会采用现实选择追溯法来控制风险。5 年后，团队拥有了 12 个生物材料业务商业化的机遇。

对于这个过程，拉涅利提供了如下论述：

"现实选择追溯架构改变了团队的活力和对问题的处理方式。"拉涅利说，"例如，在 7 年前，生物燃料市场并不成熟的时候，我们提出了这样一个问题：是否可以做其他更高级或可能发生转变的项目呢？我们该怎样做才能在生产增值产品的同时又降低对环境的影响呢？结果表明，这些质量目标并非彼此排斥。我们利用技术基础，找到了新的巨大的市场机会。正如我们所了解的那样，通过不受原始评价所左右的方式，我们找到了惊喜。我们取得了双赢，既扩大了成功同时又避免了负面影响。"

例如，这些问题的答案促使了重大的新产品机遇的产生——他们根据一个以前与布莱茵分馏法合作会浪费产品的整合程序，从玉米中提取到纤维素乙醇，进而与英国石油公司合作开发出了生物丁醇，而该燃料与乙醇相比更具性能优势。

"在创新过程中能够提出一些正确的、并不显而易见的问题，也不是那么容易。"他说，"但只要能够更有效地学习和适应，你就能够得到可以创造巨大价值和改变市场的正确答案。"

≫ 从公司架构到项目组合 ≪

在第 1 章，我们展示了节能服务公司如何设立公司层级的战略增长架构。接下来要讲述公司下一步操作中，我们将如何阐述可带来预期结果的增长项目组合。我们将继续以节能服务公司为例来讨论。

项目的初始机遇组合

本阶段的下一步，是了解节能服务公司当前实施的计划是否具有创造预期利润增长率的潜力，图2—4展示了其结果。我们发现，实际上，节能服务公司准备就绪的所有计划都以核心业务的逐步改进为关注目标。而且，大多数计划都是立足于解决具体领域单元面临问题的小方案。节能服务公司计划通过提高电子收付能力努力改进结算系统，这是它投资的公司级大方案之一。这种方案虽然很重要，但并不能促进增长。正如我们前面提到的软件公司，高层领导团队经过决断，认为急需将资金重新投入于更有希望的增长机遇，并果断地终止吸引力较小的项目。

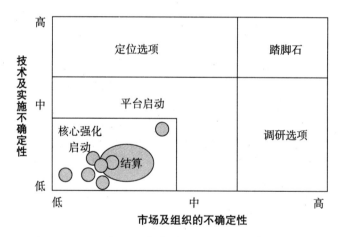

图2—4 2006年节能服务公司增长机遇

大约过了3个月，节能服务公司不同部门小组都把工作任务的重点放在开发各自最好的创意上，以推动生产力的提高、促进销售，或者，在理想的情况下，同时实现这两个目标。他们都被要求重新讨论该领域正在进行中的更小的和更具有增长性的项目情况。在准备接下来的场外小组会议时，团队的任务就是为他们的最佳创意进行初步的发现导向型规划。首先，节能服务公司的高层领导记录下那些如何提高业务的创意，领导们会采纳其中的最佳创意进行实施。而后，总裁和高层领导团队与我们一起召开两天的场外会议，将最佳创意具体化，制定接下来的执行架构。

在此次场外会议中形成的认识是，相对于竞争者，公司的资产回报率和利润并不理想，因此公司需要通过旨在提高生产率和业务运营水平的方案，力求实现利润增长。领导们通过控制运营操作，可以努力提高利润增长率。他们最终决定将总体增长目标划分为 6 项主要计划，其中一些计划旨在提高生产率及其他有利于销售增长的指数。这些计划会被标注在机遇组合的不同区域，从上述不确定性较小的核心强化计划，到更具不确定性的定位及调研选项。

如何让增长计划切合机遇组合

公司的首要任务是制定可以提高目前核心业务利润率的方案。这一方案会位于机遇图的左下角，包含的不确定性最少。主管领导力图将资产回报率和销售回报率在两年内提高到目标水平，因此需将利润流提高 1 000 万美元。目标在于提高利润而不是提高收益。负责该项计划的高层领导，将该计划划分成三个子项目：应收账款减少、存活周转加速、固定资产增值。每个子项目依次进行，均与发现导向型规划一致。在进行这一操作时，决定终止哪些项目，同样是重要的决策。就节能服务公司而言，停止在公司现有业务中提高生产率幅度较小的项目，以便为公司层级活动释放资源。但这确实会招致不满，人们认为思考决策的方式应该是易懂而公正的，而最终却是很感性的。

方案 2 是启动增值平台，负责人是为节能服务公司电子控制业务建立收益和特定业务流的高层领导。该业务包括一系列增长势头强劲、可以实现快速拓展和高额利润的新产品。公司领导又将方案分成三个项目，目的在于提高化学、提炼和制造部门的销售额与利润，其中每个部门都开发了对应的发现导向型规划。

方案 3 是一项价值建设方案。节能服务公司目前从一家日本厂商引进了一系列新产品。这些产品在电信行业具有很高的知名度，高层经理的任务是，在维持利润的同时，实现 10% 的复合收入。管理者又一次决定将方案分成若干单独项目，每个项目都有对应的发现导向型规划。

方案 4 和方案 5 都是选项方案。方案 4 是一个定位选项，与项目合作伙伴联合开发一系列智能包装系统产品。该系统旨在为货主提供无限射频识别技术，明显改善产品跟踪与直接配送环节。节能服务公司的项目需求是，希望公司自身可以通过改善物流而得利。尽管方案需求非常清晰，但还需要完成若干个可选的系统方案。由于公司并未制定出价格合理的准确技术方案，这项计划就划分为一系列定位选项（一组对智能包装领域进行细分的小项目）。

方案 5 属于调研选项。之所以推进这项计划，是由于我们认识到，任何规模的销售公司都不会忽视迅速成长的亚洲市场，因此，必须通过一系列试验，建立初步基础。

最后，方案 6 是由财务总监负责的，他打算找到一项高度协同的收购，使得节能服务公司从较小公司中"购买"利润流。适用对象是一个需要注入资金才能实现成功增长的小公司，但有一项附加条款，即此次收购具有高度协同性，节能服务公司有可能因此实现迅速增长。我们认为这是一项核心强化业务，但注意，由于在一定程度上有利于实现最佳收购的目标，该方案就被涂上与其他组织增长计划不同的颜色。

图 2—5 演示了节能服务公司在建立公司层级架构之后，公司层面机遇组合完善后的样式。注意，图中强化了核心计划，指定了实现核心目标的具体收购，组合图整体上在公司追寻的新领域类型方面更具差异性。

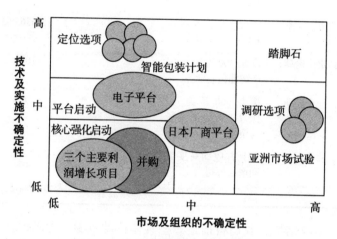

图 2—5　2007 年节能服务公司增长机遇

在绘制此图的同时，高层领导团队还列出每项计划对于公司的整体业绩影响。表 2—1 罗列了已制定的整套项目。从现在起，我们需要设计发现导向型规划，以便对每个战略项目进展情况进行管理和监控。

表 2—1　　　　　　　　　　增长方案组合

计划	对象	对 2012 年利润造成的影响（单位：万美元）	对 2012 年收入造成的影响（单位：万美元）
方案 1：提高核心业务利润和利润率	两年内，将核心业务资产回报率提高10%，将销售回报率提高 5.5%	1 000	2 624.674 8

续前表

计划	对象	对 2012 年利润造成的影响（单位：万美元）	对 2012 年收入造成的影响（单位：万美元）
方案 2：电子业务增值	通过发展电子控制系统，提高收入和利润	800	14 545.454 5
方案 3：电信业务价值构建	实现电信交换设备利润	200	3 636.363 6
方案 4：定位选项	拨款 300 万美元用于智能包装业务	—	100
方案 5：侦查选项	拨款 500 万美元，探寻进入亚洲市场的渠道	—	200
方案 6：收购	找到并收购高度协同增长公司	1 325	22 075.325 2
	总计	3 325	43 181.818 1

在本章结尾，我们将描述一些具体行动步骤，力求保持战略、资源分配、项目批准和人员管理活动的一致性。

行动步骤

1. 返回你采用第 1 章中的原则拟定的架构。通过这项工作，你可以根据高层管理团队当前的认识，确定增长所需的规模和范围。

2. 接着，收集公司当前进行的主要计划的信息。你将必须认清哪些业务与非日常业务同样重要。至少，你希望了解每项计划在成熟期的上升潜力，如收入增长率、利润增长率、效率提升幅度或运营成本节省幅度。你也希望明白，该计划需要哪些资源。而后，在组合图中标注计划，以便了解组合整体的面貌。而后，你会思索如下问题：

● 我们实际从事的项目组合是否与战略一致？

● 现有组合能否实现增长目标？

● 有没有充足资源进行平台和选项启动？

● 有没有充足资源确保核心业务良好发展，即，核心业务效率更高并开启的增长机遇？

3. 根据这些认识，确定你希望为机遇图中的每个领域分配哪部分资源。这是最好的资源分配方式，是战略职能。然而，我们必须遵循一项规则：分配给选项的资源应一直用于选项，分配给平台的资源应一直用于平台，依此类推。你希望你的几个最佳选项在资金和关注度方面相互竞争，而不是选项与核心业务之间进行竞争。

4. 深入思考，选定 5~7 项优秀的计划来实现战略目标。理想情况下，你可以在机遇组合图中标出这些计划，这样你就能够预知哪些成效来自于核心业务、新平台或者选项向平台的转变。一项公司层面的计划会折合成若干个项目，但在高级层面，你必须认清你想要采纳的计划。其中一些计划源于组织增长，其他项目需要收购。因为价格合适的收购目标是否有益尚不可知，你就有必要思考，如何采用这两种方式完成同一项计划。

5. 确定每项计划的增长率目标。每项计划都由特定人员负责。对于主要平台，公司需要分配可控资源，而核心强化和选项可以由兼职人员负责。

6. 安排相关人员负责记录整个机遇组合、控制创新和增长途径，并确定高层领导团队如何才能不断更新机遇组合的进展。

第 3 章
具体设计增长计划

在本程序的这一阶段，你已经详细阐明了公司及相关业务组合的战略，对组合进行了评估，并决定对实现公司增长预期所必须的计划进行什么类型的投资，投资金额是多少。在本章，我们将向你展示，如何将较高层级的战略决策与每项具体的战略计划联系起来。概括地说，你将为每项风险较大的主要计划进行发现导向型规划。对于核心强化、基础设施项目和资产投资项目，最好不要采用传统规划方式。

》》 从整体架构到个别规划 《《

此时，你已经明白，发现导向型规划或发现导向型增长模式如何在公司层面设定架构。杜邦公司的"知识密集型大学"规划系统，业务领导根据知识密集型增长要义确定了具体增长领域。材料公司的战略，则是将利润维持在母公司确定的水平，迅速增长的收入，使得公司竞争力提升到业内前五名。节能服务公司的战略是超越竞争对手，提高生产率，将公司定位于进入极有希望获利的核心业务可及的几个相关新领域。

在公司领导为新的目标机遇整体组合界定了成功的要义之后，下一步就是为每项主要计划制定发现导向型规划。包括在具体战略计划层面设定架构，由业务经理或项目经理负责计划，而不是由领导团队在公司层面设定架构。由于传统规划可能只适用于核心强化和生产率项目，而多数公司在削减成本和提高生产率方面也有好方法，简便起见，本章我们还会讨论如何为平台启动和选项开展制定导向型规划。这是公司领导在启动发现导向型增长模式方面所起的最后作用，在布局图中有所强调。

≫ 起步阶段 ≪

起步阶段是为增长计划构建管理结构。在为单个增长项目拟定计划时，你将希望为整体战略计划建立管理结构，组建开展实际规划的小组。这是实现新项目投资增益最大化的最佳方法。我们发现，这类公司有一些共同点。首先，负责战略增长计划的小组由一个或更多专门人员构成，而不是由负责核心业务的人员兼任。其次，增长小组与组织中其他部门领导之间的联系有规律性，这种规律性通常是通过定期与这些领导讨论来体现。最后，小组集合了知识和技能，一些成员精通预期项目的基础技术或操作等，还有些成员有其他专长。这样，小组中至少有几位成员拥有创新、风险投资或新业务开发的经验。见第 8 章中此项关键议题的内容。

对于团队治理结构，我们发现，如果在一定程度上独立于核心业务的传统报告制度，项目就可以更好地运作。一些研究员称之为灵活的组织形式。在理想状态下，尽管核心业务成员可以充分了解增长项目的进展，如果有最佳选项，项目进程实现的能力还会转移到组织中的其他方面。即便出现了意外状况，也不能抽出原定分配给推动增长项目的资源（预算及人力）用于核心业务，这一点非常重要。正如我们在前言中提到的，IBM 公司发现这种抽调是项目执行较差的关键原因。实施相关预防机制之后（IBM 公司为这些项目指定高层的"教父"），公司就可以通过其高度成功的新兴业务机会方案促进增长。

福尔蒂公司采用了类似方法。尽管福尔蒂公司实现了国有化，但它向我们证实，如果公司依靠轻率的收购"购买"增长，即便是良好的增长方案也会彻底失败。因此，我们专门用福尔蒂公司做例子。福尔蒂公司败在一笔欠妥的收购业务上，美联银行也是如此，否则也会得到良好的发展。通过收购实现增长，问题在于失败成本高。就福尔蒂公司和美联银行来说，一次糟糕的收购就会造成致命后果。

再看福尔蒂公司高度成功的组织增长方案。在福尔蒂公司，风险投资小组受首席战略主管领导，负责管理全部机遇，既包括稳步增长的项目，也包括主要收购或合作。该公司设立了三层治理结构，结合公司整体情况并控制风险，从而为风险投资提供充分的自由。创新委员会由福尔蒂公司常务委员会两位成员、人力资源总监、IT 绩效经理以及公司其他业务部门的三位经理组成。该委员会负责批准对业务计划拨款，控制产出力度，并保持战略与核心业务的一致性。创新筛选会议对特殊创意迅速作出评价，并向创新委员会推荐。创新筛选会议由九位高级经理或候补经理参加，分别代表首席运营官办公室、运营、保险、零售银行、商业银行、财务控制以及整体综合管理业务。福尔蒂公司的创新网络使得风险部门更容易采用所谓低成本的"偷窃和乞讨"的方式。可喜的是，7 年后，"福尔蒂公司有 800 名左右风险投资代表。"此外，福尔蒂公司组建了一个超过 600 名用户的外部网，并任命了核心业务的独立创新管理人员，其职责是发掘新机遇并加以整合。福尔蒂公司还拥有一个种子基金，可用于开展新风险投资，而不通过正常的预算程序。

≫ 构建项目架构 ≪

建立小组和管理方式之后，你就可以开展实际的项目规划。建立增长项目架构分为五个步骤。

1. **为每个待实施项目拟定计划，确定该项目利润稳定或利润增长率稳定时的利润目标。** 时间架构应当根据行业竞争节奏反映出从启动到利润稳定的时间。

2. **根据项目预期带来的具体利润及利润率水平，确定项目所需收入额。** 你需要假设销售回报与利润回报。顺便说一句，一些公司发现，最好先确定收入，而后根据收入制定利润目标。只要初始定义中包含这些数据，两种方式都会奏效。

3. **这时，还需要确定项目利润率，认识到现实情况。** 你应当获得高于当前最简单选项的风险溢价，目的只是对现有业务进行重新投资。由于投资回报率（return on investment, ROI）与资产结构容易混淆，我们一般使用资产回报率（ROA）。然而，你也可以使用投资回报率或者其他任何最适合行业实情的利润率方法。

4. 撰写既定项目范围说明，列举这些数据及各个数据之间的关系。

5. 计算项目投资净现值（NPV）。 净现值表明，该计划值得耗费时间来执行！接下来，我们将进一步讨论投资净现值。

为了进一步阐述，我们不会继续讨论节能服务公司（分销公司）或玩具商店（启动零售业务）的案例，而是让你了解开发另一个应用项目架构的整个程序：大型工业制造公司的新业务开发项目。

≫ 消毒产品项目案例 ≪

在此，我们将以一家大型美国公司的改编版增长计划为例，并称之为消毒产品项目。

公司委托

三菱化学公司目前正在就消毒产品项目进行探讨。在公司层级，三菱化学公司尝试不再拘泥于化学领域，而是希望在生物科学产品领域站稳脚跟。公司领导团队尤其渴望不再生产通用化学品，转而生产全新的、高利润的产品。在公司层级，高层管理团队指出，增长平台应有如下特征：

在我们可以立足的材料或材料运输设备领域，平台将会为我们开拓市场。如果我们克服了技术难题，市场利润至少是核心业务潜在利润的两倍。比起市场份额增长率，利润增长率的影响更大。

发明

三菱化学公司研究员开发出一种新产品。公司支持者认为，这项发明可以满足以下需求：这项发明是一种新型消毒液，对细菌和病毒的清除率比现有替代品高出 50%，且不含对人畜有毒的物质。该产品可用于皮肤和硬面，可溶于水。产品如果是喷射形式，就可以均匀洒在面积最大的硬面上。当我们开始与风险投资小组合作时，该产品刚刚通过美国食品药品监督管理局认证，这意味着它确实是一种安全的消毒剂。

界定成功

为了尽力了解项目目标，以改善公司整体绩效，我们启动了消毒产品项目的发现导向型规划。考虑到三菱化学公司的巨大规模，以及该公司对其他投资机遇的吸引力，小组认为，从公司层级分析，该项目只有带来至少 1 000 万美元的利润才能视为成功。

目前，三菱化学公司在成熟市场的资产回报率为 8%，回报率非常高，反映了公司对于高效经营的努力。相比之下，根据美国晨星投资顾问公司提供的信息，化学行业 5 年资产回报率平均约为 4.1%。

然而，项目领导认为，以现有行业评判新业务是不对的。他们转而以药品行业为基准，该行业更具吸引力，投资回报率水平可达 16.5%。项目领导努力做到与药品行业引进相同或者更好的新产品。什么才能使得项目投资真正具有吸引力？项目领导认为，资产回报率至少应达到 33%，才能补偿新产品和新市场所带来的较高风险。借鉴药品行业经验，小组决定至少实现经营利润 20%，但考虑到现行市场龙头的激烈反击和竞争对手的争相仿效，利润还会进一步削减。

项目的初始架构

通过简单的运算，我们可以初步确定消毒产品项目的成功标准。请注意，发现导向型规划与传统规划的主要区别在于，我们首先需要确定该项目达到怎样的目标才算成功，而后推断业务必须满足什么需求。换句话说，项目在稳定状态下（大约 5 年后）收入至少要达到 5 000 万美元，其中成本与总资产分别在 4 000 万美元以下（见表 3—1）。如果项目无法实现上述预期，三菱化学公司甚至无需进行实际投资。

表 3—1　　　　　　　　　　消毒产品项目的初始架构

假设定义		数据来源
所需利润	1 000 万美元	通过管理确定
所需利润率	20%	通过管理确定
利润率为 20% 时所需的收入	5 000 万美元	所需收入与所需利润运算得出
可容许的成本（销售额的 80%）	4 000 万美元	所需收入减所需利润
所需资产回报率	33%	通过管理确定
可容许的资产规模	4 000 万美元	所需利润除以所需资产回报率

一切尽如人意——我们发现，业务目标促进了三菱公司化学公司增长组合的实现。但我们还不知道，根据稳定状态的收入，项目是否值得实施。为了解决这个问题，我们采用投资净现值（NPV）计算表。

≫ 投资净现值的概念 ≪

投资净现值工具非常方便，不涉及 EXCEL 内容，可以提供净现值计算的数据模拟。判断新项目的投资是否合理，净现值或许是应用范围最广的方法。虽然一些人不太会用投资净现值工具，一些管理者却发现它有利于实现既定项目的正净现值。这一数字还可以阐明你所作的一些财务假设。

关键变量

净现值的计算耗时较长且繁杂琐碎。然而，采用净现值的简化版本，你就可以直接获得正确结果，以便开展发现导向型规划。投资净现值的优点在于，在项目全程，你不用每年都对电子表格进行繁琐的运算，只需对如下 9 种项目价值进行估算：

1. **启动期**：在多长时间之后，项目开始收获第一桶金？

2. **上升期**：项目从获得首笔收益到平稳状态，需要多长时间？投资净现值评估工具假设，这段时期公司收益直线上升。

3. **竞争反应期**：从启动期结束到竞争者作出反应，需要多长时间？

4. **竞争加剧期**：如果竞争者不断削减你的利润，直到你只能收回固定成本，需要多长时间？投资净现值评估工具假设，从竞争反应期开始到竞争加剧期结束，利润直线下降。

5. **总投资**：预期总投资是多少？投资净现值评估工具假设，总投资是指启动期末期进行的一次性投资。

6. **贴现率**：这项数据用于"贴现"未来现金流以便证实，如果你没有实施这个项目，而是将资金存入银行账户，你就可以轻松地获得利息。这一理念是，现有资金可以产生利息，因此现有资金比五年后同等数额的资金更加值钱。如果你不知道公司利率，财务人员应该能够告诉你，他们也会认为你应该向上调整利率以规避风险。有时，他们称之为**资产成本率**，但概念类似——将资金用于项目，意味着这笔资金无法投资于其他领域。如果该项目的回报率低于储蓄利率，投资该项目会给公司带来负面影响。

7. 预期年固定成本保持稳定。

8. 每个项目单元的预期年变动成本保持稳定。

9. 每个项目单元的预期年收入保持稳定。

你可以从本书网站 www.discoverydrivengrowth.com 和丽塔网站 www.ritamcgrath.com 下载这个计算工具。

通过投资分析，项目的净现值评估可以变得简单、粗略而完备，从而可以与竞争项目进行比较。如果投资、上升和下降情况正常，不确定投资就真的需要投资净现值。为什么？因为如果我们已经知道估算有误，为什么还要耗费人力物力来改善？毕竟，什么才能算是真正的错误？算出四位小数吗？另外，如果有人提出，项目会耗费更长时间才能达到稳定、竞争会提前到来、固定成本提高、或者你在汇报时面临的其他任何吹毛求疵的问题，你都可以轻松回应。面对挑刺的同事，你可以让他们提供确切数据，代入投资净现值评估工具。好了！几秒钟之内，你就能得出经过修正的净现值。

接下来，我们会阐述，如何为消毒产品项目计算投资净现值。

投资净现值案例

消毒产品项目投资数据计算如下：

● 根据表3—1的描述，我们可以大体确定成本与资产规模，以实现保守意义上的价值最大化。我们还可以根据表中数据推断项目收益，但不一定是实际收益。而是如果实际收益等于预计收益，项目就经得起时间和价值的检验。

● 初始投资3 000万美元。

● 根据现有业务，假设固定成本占总成本的10%，而变动成本占可接受总成本的90%，即固定成本400万美元，变动成本3 600万美元。

● 启动期，包括建设工厂等，根据以往的经验，需两年时间。

● 上升期，即从启动期结束到项目稳定，需两年时间。

● 从启动期结束到竞争者进入市场需7年时间（美国食品药品监督管理局批准时限约为7年，在此期间竞争者无法提供同样产品）。

● 从竞争者进入市场到竞争加剧、利润削减，需8年时间。

● 因此，启动后产品寿命为15年（8+7）。

● 假设目前贴现率为15%。

图 3—1 展示了输入表格工具的数据形式，对整个项目进行了清晰的描绘，相应的假定推测可以在几秒钟之内完成。

阶段1：产品启动	
启动阶段初始投资：	30
现今至项目启动所需年数：	2
年固定成本：	4
年固定收入：	0
阶段2：产品销售趋于稳定	
从启动期结束到项目稳定所需年数：	2
稳定期的年变动成本：	36
稳定期的年变动收入：	50
阶段3：竞争者进入市场	
从启动期结束到竞争者进入市场所需年数：	7
从竞争者进入市场到竞争加剧和利润削减所需年数：	8
阶段4：产品终止	
项目寿命年数（从启动至终止）：	15
项目利润率：	15%

图 3—1　消毒产品项目的投资格式（单位：百万美元）

通过图 3—2，你可以了解这些数字逐步展开的方式。投资净现值法将利用这些数字为消毒产品项目计算出 769 万美元的净现值，这意味着项目值得实施，可以在下一步工作中予以考虑。

当投资净现值为负值

如果投资净现值为负值，并不表示失败。这只是意味着你需要放弃这个项目，将资金和人员用于其他更有希望的项目。

根据明确架构结束具体计划的优点在于，我们可以在实际投资

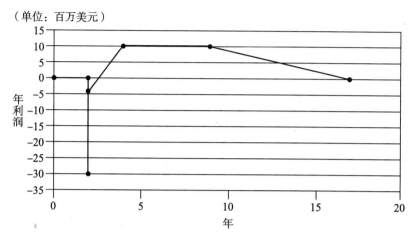

（单位：百万美元）

年利润

图 3—2 稳定状态下的预计概况

之前，了解某项创意是否确实无法运作，或者是否需要更多信息才能开展下去。在我们举办的创业课堂，我们一直这样做：要求学生理性分析具体业务有没有带来预期增长和收入的潜力。

举个例子，风险投资者打算出售推拉门开关，该产品是对现有住房的改进。一些人希望从厨房端着饭菜或饮料到户外露台，而不用费力挪动笨重的推拉门，他们就是推拉门开关的销售对象。我们大致浏览了项目规划，很快认识到，主要批量销售渠道（如劳氏美国零售或美国家得宝公司）对类似产品不太感兴趣，原因在于市场总量太小。如果通过哈马赫·史雷梅尔（Hammacher Schlemmer）公司等具体零售商进行产品销售，或许销量无法达到产能要求。最后，通过对相关背景的研究，我们了解到，这类产品确实存在，使用者多数是残疾人，定价数百甚至数千美元，并需要对门和架构进行改装，有时还需改变房屋支撑结构。此时，潜在投资者决定采取更简便的赚钱手段，转而考虑另一个项目。截止到制定决策的时候，总投资约为 3 小时时间、只需一些网上调研和几个电话。这比花费时间、精力和信用进行市场调研强多了，更胜过追加投资之后才明白现实的残酷（但愿不会有这样的事情发生）。

≫ 拟定架构的后续工作 ≪

隶属主要增长点的每个项目，均应按照消毒产品项目案例拟定架构，这样每个人都非常清楚项目成熟期成功的定义，并熟知关键的财务假设。记住，这些只是假设，因为接下来你一定还会再改。

下一步，认真思考每个战略性项目的业务单元以及构成业务结构的关键指标。

行动步骤

1. 决定项目地点及预计治理结构。

2. 小组成员共同努力，大体拟定项目规划。在第 8 章中，我们将讨论这一步。明确指定经理负责执行相应的每个项目，并确定人员具体负责监督、调整计划方向和汇报计划进展。我们建议，主要平台需要专用资源，而对更稳健的核心强化和一些可选项目可以提供非专用资源。

3. 对每个小组都应当从公司层级定义所有项目的成功标准。通过最后一章的学习，你可以在战略中明确所需计划，既实现增长，又提高生产率。对于平台拓展、强化核心业务以及为未来增长确定选项，你还应有具体计划。

4. 完成假设架构整合的五个步骤。你需要清晰地理解所需的利润、投资回报率以及可容许的成本范围。

行动步骤

　　5. 对每项计划计算投资现值。如果不是正值，应考虑将原始项目换成另一个有更大潜力的项目，或者花时间思考提高投资净现值需要采取的方法。如果项目不符合公司增长目标，可能你就需要与公司管理团队一起，重新界定公司层面架构。

DISCOVERY-DRIVEN GROWTH

第二部分 把握特定的增长机遇

在本书的这一部分我们将着重讲述，根据发现导向型规划原则，对于特定增长计划如何加以推进。所有计划都要符合本书第一部分建立的整体战略架构。第二部分将对既定项目事项进行具体指导，并重申，如果在早期失败，但失败成本较小，这就不是坏事。同样，调整项目方向也不算糟糕。注意，对于非核心业务的每项主要增长计划，你可以仿照以下三章中的程序，但必须符合战略增长架构。

第4章
设计业务模型架构

在本书上一部分，我们明确了带来怎样的结果才算是成功的计划。在本章中，我们将向你展示，如何才能在整体战略架构内评价特定项目。我们将提出四个主要观点：（1）根据公司需求确定业务可行性；（2）分析业务单元；（3）分析最接近的竞争产品价格；（4）确定后续关键指标。意思是，从早期你就需要切实将既定业务看成一项真实业务，而不是视为不错的创意。

你需要为每个主要增长项目拟定上述结构，借此开发公司增长方案。目前，你应该对每项增长计划都制定项目架构。现在，我们将讨论如何实现架构。

指出既定增长计划的作用范围、确定项目是否值得实施，对于发现导向型构架起到了不可估量的作用。因此，发现导向型工具颇受风险投资者欢迎，在大学的创业课程中也被多次讲到。正如你在上述布局图中看到的，本章的主要内容由战略层面转变成具体计划。

先不讲制定架构（参见消毒产品项目）之后的步骤，我们花一点时间，教你如何创建基础业务模型。首先，我们要定义业务单元。

≫ **创建业务单元** ≪

选定了能够带来收益和利润的业务单元，才能构建发现导向型规划的基础结构。**业务单元**仅仅涉及到你认为客户将为哪项业务付款。这项基础决策决定了其他影响业务开展方式的因素。客户愿意为之付款的业务单元，主要影响你的定价方式、利润来源、创收途径以及如何安排操作。

大多数制造业产品可以直接确定其业务单元，因为它只涉及到商品的物理属性，如前言中讲到的玩具商店案例。案例中，如果玩具商店不只是销售单个玩具，就可以抓住更多获取收益的机会。例如，公司可以设计新的体验活动，如开办玩具展销会、举行会议或者展示主要产品，从而拓展业务。像以前特百惠公司一样举办玩具晚会，也可以突破实体商店的限制，进一步拓展品牌。

就很多业务来说，你可以通过调查替代产品或相似产品，从而获得利润。想想你的手机：由于电话制造业务计划包括电话销售单元，对于出售电话和提供相关服务的经营者来说，这一单元描述电话带来的收入或数量，或者收入和数量都有。为了在模型中销售更多单元，你会或多或少放弃一些内容，而你所放弃的也许正是另一家公司想要的，这取决于你所在的公司。比如苹果公司免费出让iTunes 音乐软件，因为这样有利于苹果公司音乐播放器的销售，而出售播放器为公司带来了高额利润率。

重新定义业务单元

有时候，当你考虑业务单元的改变方式时，尤其是如果将客户支付方式与他们想要的或者重要的成果联系起来，往往会发现全新的机遇。结合手机案例，2001 年，有人建议将预付电话卡概念从传统通讯延伸到手机通讯领域，从而推动了新的可观增长。

预付的优点在于，对特定的客户群来说，按使用量计费的开放账户甚至每月会员费，数量太惊人、太贵或者太不方便。然而，这些消费者却非常乐意以现收现付的手机使用方式，支付每分钟更高的价格。所谓的预付电话卡可以限制使用者支出，无须服务合同，避免了昂贵的附加收费，并从整体上提高灵活性。目前，预付概念产生了一系列次级产业，例如，出现了可以在用户忙时结束手机通话的仪器。

如今很多创新实际上是业务模型或业务单位的创新。苹果电脑与其免费的iTunes 音乐软件，推动客户以"首"为单位而不是以"专辑"为单位购买音乐，从而使得传统产品公司面临巨大的压力，也使得苹果公司摆脱了数字音乐盗版带来的烦恼。同时，歌曲计费模式为独立和非主流音乐唱片公司开拓了大量新机遇，这些公司与那些只喜欢老歌而不需要专辑中其他歌曲的消费者完成单曲交易，而避免了公司间的交易，因此获取了可观的利润。另外，我们列举了关于业务模型创新更为详细的例子，见后文"采用不同的业务模型重组鲜花业务"。

一些业务单元本身或多或少地比其他业务单元更具吸引力。例如,将整个解决方案进行一次性出售,意味着比几套业务重复销售获得更少的循环收益。表4—1总结了一些公司的近期案例,这些公司通过采用与先前不同的业务模式促进增长。

表 4—1　　　　　　　　影响促进增长的业务单元变革的公司

公司	业务单元变革	经营理念
联合包裹运输公司"同步商务"	从包裹递送到顶级物流支持。	在配送管理以及全球物流链管理方面,公司将会与联合包裹运输公司密切合作,并据此支付一定费用。
现场之国公司	提供一站式服务,满足艺人的各种需求,打乱传统唱片公司的运作机制。	公司依靠所有与签约艺人相关的服务获利,如巡回演唱会、T恤衫、歌曲出售等。
帕克哈尼芬公司	从传统的按成本定价到按价值定价法,根据客户愿意支付的价值,确定更多关键电影的价格。	利用同样的资产,公司较好地实现了客户选定电影价值与获得更多收入的统一。
一分钟诊所(你病了:我们会很快)	从传统到医生办公室预约、工作时间营业,转变为诊所位于塔吉特连锁百货、职业护士负责诊断、晚上8点停止营业。	该诊所集中诊断一些最普通、最容易治的小病,使这些病人身体快速好转。
约翰·迪尔公司基于GPS的拖拉机系统	以基于GPS导航系统装备拖拉机,可以代替人类驾驶的拖拉机;该系统还可控制杀虫剂和肥料用量;拖拉机并不是核心单元,系统才是。	为客户节约了大量精力和药品。GPS使得人们全天只需花费7个小时耕种,而不是一整天都耗在田里,从而奇迹般的提高了资产利用率。[a]
花旗银行照片卡	在信用卡上印上一张真实照片以示身份,而不是仅凭持卡人的签名。	在佛罗里达、纽约、芝加哥等地,花旗银行照片卡颇受欢迎,因为在这些城市很多人没有驾照,照片卡就代替了身份证!

续前表

公司	业务单元变革	经营理念
Visa Buxx 卡	父母为其子女开通，操作方式类似于借记卡，但是以子女的名义。	通过父母的存款，该卡获得利息收入；一些父母转而在发卡行开设账户，从而避免转账费用。
美洲银行"化整为零"借记卡	结合不断发展的储蓄方案。	如果客户签约加入这项方案，支付金额就进位到下一个数字。银行将差额转入客户的储蓄账户。

注：a. 得克萨斯州一位农场主估计，仅仅一年时间，该系统就为他节约了至少50万美元。

资料来源：M. 迈尔，《下一步是什么：GPS 经济中发现利润》。

我们举一个具体例子，看看业务单元创新如何改变一个行业。这个案例涉及音像租借业务。在 20 世纪 90 年代末期，从事音像租借行业的公司采用基本相同的业务模式。人们租借音像看电影，每天支付一定数额的租金，如果归还音像较晚则需支付一定的滞纳金。尽管滞纳金为音像租借产业链带来丰厚利润（据估计，滞纳金收入占总收益流的 20%），但收取滞纳金的做法往往会惹恼客户。奈飞（Net flix）公司继创始人之后上任的首脑里德·哈斯廷斯（Reed Hastings），就遇到了这样的情况：

> 《阿波罗 13 号》让我被罚了一大笔滞纳金。我比约定时间晚了 6 周才还，欠音像店 40 美元。因为我不记得音像盒放在哪了。这全是我的错。我不想告诉妻子这件事。我告诉自己："我要为了婚姻完的整性向滞纳金妥协。"……我开始思考："电影租赁为什么不能像健身俱乐部一样，无论你在哪里，或者无论你用多少，都支付同样的费用？"

有趣的是，奈飞公司初始业务模式与音像店并没多大差别。1998 年刚上市时，奈飞公司只改变了分配方式：客户租用电影无需再去实体店提取，奈飞公司通过邮寄把 DVD 光盘送到客户手中，收取 5 美元的费用。但如果客户归还光盘晚了，公司仍然索要滞纳金。后来，这家年轻的公司采用了"健康俱乐部"模式。哈斯廷斯回忆："转变的必要性给了我们转变的勇气。"

此时，业内普遍认为，客户倾向于音像店模式，是因为看电影是冲动型购物。里德及其团队对这项假设重新进行思考。如果冲动只是看电影而不是得到电影呢？如果这样，客户也许就愿意定购一批自己喜欢的电影来看。由此产生了完全不同于"每日租金 + 滞纳金"模式的业务单元。如今，奈飞公司为客户提供了月费模式。根据客户所选会员费的不同，奈飞公司会寄给客户一张或更多的 DVD 光盘。同时，客户也在线列出一长串自己想看的电影。当他们归还一张看过的电影光盘之后，奈飞公司会按照客户列出的电影次序寄出下一张光盘。这部分业务只收取会员费，而不需要额外收租赁费。这对客户的好处可想而知：了解成本，没有滞纳金，方便的电影选择方式，以及不限量的可借影碟。

奈飞公司通过包含已收新电影与邮资已付的返回包裹，简化了整个出货程序。为了赢得市场的初步接受，奈飞公司提供了为期一个月的免费试用服务。试用期结束后，90% 的试用者没有取消自己的会员资格，继续接受服务。

1999 年，奈飞公司推广了自己的电影租赁新流程，从而引起影片数量、用户数和收入额的巨大增长（见表 4—2）。该公司有 23 家配送中心，可以为超过 80% 的客户提供当天送达的 DVD 光盘配送服务。

表 4—2　　　　　　　2002—2006 年奈飞公司实现的增长

	2002	2003	2004	2005	2006
影片数量	14 500	18 000	30 000	50 000	70 000
用户数	90 万	150 万	330 万	550 万	630 万
收入	1.528 亿美元	2.722 亿美元	5.062 亿美元	6.82 亿美元	9.96 亿美元

资料来源：奈飞公司年度报表，http://ir.netflix/sec.cfm。

采用不同的业务模型重组鲜花业务

Proflowers 是贾里·波里斯（Jared Polis）的创意，他创立的免费贺卡网站 www.bluemountain.com 广受欢迎。1998 年，波里斯研究通过网站出售鲜花。此时，他的网站已经拥有 5 400 万名独立访问者，这些访问者通过该网站定期发送免费电子贺卡。波里斯构思了完全不同于传统形式的鲜花销售方式。在传统业务中，鲜花从花农处运出，而后存放到仓库，分发给花店，如果有订单，配送中心（比如 Teleflora 公司）还会用货车或汽车配送鲜花给花店。

波里斯推断，充分利用互联网，可以发挥完全不同的网络优势。在他的系统中，可以直接通过互联网或电话获取订单，然后将订单发给网络另一端的花农。花农使用 Proflowers 提供的外包装，直接填写订单。配送业务外包给运输公司，如联邦快递和联合包裹运输公司，将鲜花直接送到目的地。

Proflowers 模式完全改变了如下关键指标：

● 实现客户认知（营销）的成本

● 分销成本

● 库存成本

● 包装成本

● 鲜花变质的库存天数和损失

● 递送速度

● 毛利

这项业务模式取消了经纪人、批发商和零售花店等中介，使得公司可以以较低成本将产品供应给客户，实现高利润率。一位分析师报道，该公司的利润率超过 15%，而传统花店只有约 7%，该公司的利润率是传统花店的两倍。一份分析报告估计，Proflowers 拥有在线及电话定购花卉礼品市场 20% 的份额，而在 2002 年只占市场份额的 15%。

当然，没有一成不变的事物，奈飞公司也在不断完善着这一模式。新的特性有助于点播格式音像与替代分配工具（比如可下载到苹果播放器的影片）竞争。实际上，康卡斯特公司已经宣告一项重大变革，将建设一个具有点播功能的海量视频库，其中多数视频具有高清晰度，这将成为奈飞公司视频流产品潜在的有力竞争者。很显然，奈飞公司必须尽快再一次讨论音像租赁业务的业务单元问题。

这就是为什么我们建议你在投资净现值计算中包含期望竞争反应期以及竞争加剧导致的利润侵蚀期。想要在现代市场中得到发展，你必须不断创新，即使目前实现了创新，你也必须思考在下一步中继续创新。但是，你不能用常规手段来创新。如果你迫于市场压力正准备继续出台新的风险计划以跟上市场变革，你就必须有能力详细地、灵活地规划未来，要么沿着成功发展的道路向前，要么以低成本终止行动。这就是所谓的发现导向型增长。

所以，正如你所看到的，选择了错误的业务单元会有难以应对的结果。因此，不要过早地选定某一个单元！你需要考虑其他可替代的单元，尤其是那些可以更简单、风险更少地实现客户从现有购买方式转向你的业务单元。或者，考虑那些竞争者被嵌入某种体制难以或者不愿意对你的业务模式做出反应的单元。或者，在理想状态下，这两方面都要考虑！

四个具体步骤

那么，你该怎样开始为新机遇确定替代业务单元呢？下面有四个行之有效的步骤：

1. 想一想，你提供的服务满足了哪些基本需求？客户们发现哪些需求是至关重要的？

2. 分析现有解决方案如何使那些需求得以满足。从客户角度看，这些方案有哪些不足？

3. 想一想，这些替代方案是否也能从外部环境转变中获利，而通过这些转变，你可以拥有现有解决方案所没有的优势（在奈飞公司案例中，录像带向 DVD 光盘格式的转变，使得邮资模式成为可行模式）。当竞争者仍然采用传统操作模式时，如果你可以找到一种新的方法，你就可以打开新的机遇空间。

4. 头脑风暴法可以代替满足客户需求的方式。采用替代方案，你可以不必为有损现有模式而苦恼。如果你可以想出为非现有客户服务的方式，替代方案的作用会更大，原因在于成本或其他因素会妨碍方案被采纳。

这一过程通常会引发一些可能的替代业务单元。对复杂业务来说，通常有必要考虑你所诉求的替代选项而重新制定架构。

体会客户的感受

杜邦公司管理人员采用知识密集型大学的方式，促使杜邦公司对他们最初称之为"过冬维护"的项目进行了成功的投资，而后他们将之改称为"建筑创新"。这项投资正是杜邦公司对替代业务单元的探索。为使公司实现更大程度上的知识密集型增长以及远离纯材料，2002 年早期，集团开展了知识密集型大学规划进程，这一点我们已经在第 1 章进行了阐述。

项目团队对建筑商有了进一步了解，很明显，建筑商们所关心的问题，诸如防水、用水管理、对大风或恶劣天气损害的控制、龙卷风和飓风下的居民保护等问题，没有任何供应商可以应对，这使得他们倾向于杜邦公司起决定作用的技术解决方案。汤姆·舒勒（Tom Schuler），当时任产品管理员，现任副总裁和建筑创新总经理，他描述了重大转变是如何对公司基础业务单元带来变革的：

> 如果你在与客户交谈时看到我们所处的位置，你就明白这项业务是关于用水管理的。客户对我们说，他们看重的是：利用建筑系统帮我们管理用水，处理模具并解决模具修复的难题。我们发现，仅仅提供一卷卷的特卫强纸远远不够。我们必须整合完整的用水管理系统，而不是仅提供其中一种产品。因此，

我们的市场发生了改变，竞争者由原先的卷材产品公司，转变为提供其他用水管理系统的公司，其核心能力被理解为解决整个建筑物如何运转的问题。好消息是，我们已经具备了这项能力，我们在建筑科学领域仍具有优势。

最终，杜邦公司开发了柔性包装，使窗户四周和门框免受雨水侵害，杜邦公司的"风暴小屋"在龙卷风肆虐时能够保护家人，玻璃夹层则可以使房屋免遭飓风危害。业务单元的变革为杜邦公司带来了巨大的增长动力，而产品进入市场后更加契合客户的需求。从 2001 年起，即使在建筑业和建筑材料市场不景气甚至出现下滑的年份，这部分业务也能实现超过 20% 的年度复合增长率。

几年后，回想起这次经历，舒勒说，这部分业务对成功经营起到了关键作用，而且改变了他考虑未来计划的方式：

> 现在，我首先要做的是进行常识检验。如果我用超过 5 年时间研究业务单元及其计划，我会问，用已知的基础材料开发一种产品是否现实？这种模式能否带来实际增长？对我来说，最有价值的是一种产品或服务直接带来的增长量。从这一程序中，我们最主要的认识是"两重"目标：首先是将战略增长点量化为具体业务单元，其次是确保业务单元可持续发展。做任何事情只进行一次努力，是远远不能实现持久经营的。

舒勒还指出，保证业务能够按照连贯的战略进行发展，这一点至关重要。正如我们在第 2 章中讨论的："如果你完全依照我们在2002 年重新设定的战略，它就不会变化。对我来说，这就意味着战略设定合理，而且有望带来优异的经营业绩。如果你的战略每年都发生变化，你就没有真正意义上的战略。"

评估复杂业务

我们再讨论一下第 3 章中介绍的消毒产品项目架构。其中，最需要记住的数据是，业务成熟之后，应能实现 5 000 万美元的预期利润（见表 4—3）。

表 4—3		回顾：消毒产品项目初始架构
业务规范		**数据来源**
所需利润	1 000 万美元	通过管理确定
所需利润率	20%	通过管理确定
利润率为 20% 时，所需收入	5 000 万美元	所需收入与所需利润计算得出
可容许的成本（销售额的 80%）	4 000 万美元	所需收入减所需利润
所需资产回报率	25%	通过管理确定
可容许的资产规模	4 000 万美元	所需利润 / 所需资产回报率

正如我们所建议的那样，消毒产品项目团组成员首先应该花一定时间，考虑开发可替代的业务单元。他们所评估的替代方案，都是以外包的形式给医院提供消毒服务、培训服务，并向提供清洁用品的盒装产品公司销售消毒药品。

在这种服务模式中，企业会与医院定立合同，提供具体领域的消毒产品，如手术室消毒产品等。经过细致的考虑，项目组得出结论，这种模式没有吸引力，原因有三：首先，三菱化学公司在运作过程中，如果采用这一模式，将使物流复杂性大幅提高。实际上，如果三菱化学公司决定开展外包消毒业务，这种消毒液将是公司成本最低的产品之一。其次，项目组在分析消毒液的使用方式时发现，产品的使用者通常是清洁工。对于医院综合清洁服务的外包业务，三菱化学公司不感兴趣，原因在于这一项目业务利润率比三菱化学公司核心业务利润率还要低，而三菱公司对此也并不擅长。最后，取代医院现有的清洁服务，将会涉足公司并不熟悉的行业，并需要取代根深蒂固的供应商。因此，三菱化学公司否决了这种模式。公司还考虑为清洁服务出售消毒方案，但由于清洁服务公司无法判断该方案的有效性，这种模式也被否定。三菱公司还简单地考虑向其他公司提供消毒产品中的有效成分，使之成为这些公司产品的一部分。但这一方案也被否决，因为它并不符合公司战略。三菱化学公司的战略是力求在价值链中居于更重要的位置，而不是仅仅成为原料供应商。

注意，任何战略项目的计划都应由公司架构和战略来评价，不符合的坚决否定。因此，在本案例中，三菱公司决定开展公司及其未来客户都熟悉的业务单元：批量出售消毒液。

暂定目标客户群

选定业务单元之后，项目组转而对该机遇进行评估：这一宏大目标是否可行？回答之前，我们需要选择目标客户群。在消毒产品项目案例中，规划组认为至少要向三个大市场销售。第一大市场是最终用户和消费者，他们会购买消毒液对住房或办公室进行清洁。通常，他们会通过零售渠道购买。第二大市场是工业企业，如食品加工厂、连锁餐厅以及制造医疗设备等敏感物品的公司，它们通常通过工业品供应渠道购买消毒液。第三大市场包括医院，一般通过医院药品供应商购买消毒液。

下一步，需要了解购买决策由谁实际支配，这一点至关重要。就消毒产品项目案例来说，单个消费者自己决定是否购买，而工业企业和医院则主要由采购经理决策。

由于是新产品，公司又对消毒剂市场不熟，消费者和工业品经销商对该产品一无所知，更不信任。消毒产品项目就必须尽力解决这一难题。赢得客户的认知耗资巨大，当母公司期望业务做大做强时尤为如此。此外，客户一直保持以前的使用习惯，这要比转用未知产品简单得多，除非消毒产品真正拥有市场优势。顺便说一下，我们发现，对于未来客户转向新产品的热情，投资者往往过于乐观。

另一方面，医院都太在意设备消毒失误带来的风险。如果失败一次，就很有可能给企业和个人带来灭顶之灾。因此，如果供应商不能提出让医院客户信服的理由，这些客户就更倾向于购买传统产品。

因此，消毒产品项目组假设，医院及相关医学院根据产品技术特色做出购买决策，并有能力检验其优劣。项目组进一步假设，这些客户的决策不受标准定价的影响，他们根据定价判定应用效果。换句话说，如果产品很贵但效果更好（理论上，系统其他方面节约了资金），客户就愿意购买该产品。在有竞争力的价位，尽可能提高产品质量，你就有机会获得订单。

当前竞争者批量出售消毒剂的价位是每加仑 55 美元左右。这就产生了一个机遇：如果消毒产品的效果真的更好，或许项目组可以将价格定低一些，售价在每加仑 50 美元左右（稍后，我们将再次提到定价问题）。

已知利润需达 5 000 万美元，定价每加仑 50 美元，公司需要出售 100 万加仑，业务规模相当大。这些数字表明，首先这项业务如果不打算跨国经营，就必须准备在全国范围内实现预定销售量。实际上，假设一年有 250 个工作日，意味着这项业务发展成熟之后必须每天销售 4 000 加仑。这项数据是否现实？好吧，对此我们进行与玩具商店案例同样的分析，在客户需求方面来思考项目的可行性。

根据已公布的资料，美国有 5 794 家医院。我们假设，当消毒产品项目成熟时，25% 的医院会使用三菱化学公司的消毒剂，即目标市场约为 1 449 家医院，每家医院平均每年购买 690 加仑的消毒剂，或者每月购买 57 加仑。加利福尼亚大学欧文医疗中心库存经理很耐心地回答了我们在电话中的提问，他说，医院每月将 40~50 加仑消毒剂用于抗菌表面处理。

对于产品的最大潜在客户而言，如果平均每月使用现有产品的数量达不到我们利润目标的要求，那么，我们的医院客户就不能仅限于美国 25% 的医院市场。项目组假设，25% 是实际有望占领的最高市场份额。这意味着业务规划不能局限在国内市场，还应瞄准世界其他国家和地区的医院。此时业务范围仍未明确，但至少，在大规模投资之前，我们指出了这一点。

在此阶段，我们是不是应该考虑放弃消毒产品项目？不是。首先，我们需要了解竞争状况：要认真思考消毒产品项目的市场影响力，我们需要考虑竞争产品。我们需要努力思考消毒产品所面临的真实竞争情况，或许你就想要进行下一部分的分析。

≫ 你是否会赢 ≪

将战略架构与业务架构相联系，可以帮你深入思考两个关键问题。第一个问题是，你提出的新业务有没有潜力带来你所制定的预期收益。如果新业务在早期并未显现其潜力，上帝保佑，还是干别的吧。第二个问题是，关于客户选择，你的假设是否实事求是。要认清这一点，你需要站在客户的角度，分析你的业务设计能否战胜竞争对手。我们称这类竞争基准为"最近竞争产品"（Nearest Competitive Offer, NCO）分析法，这种方法可以帮你确定怎样才能做到产品差异化。从客户角度看，你想要出售的商品通常存在很多替代品。甚至，有没有你的产品，对客户来说都一样。

尽力避免"没有竞争"的陷阱。往往有一些替代方式可以满足客户自身的需求，他们也可能更希望将资源投入到一些替代选项中。毕竟，他们把钱花在购买你的产品上，就不能再购买其他物品。因此，基本而言，竞争通常存在，即便只是针对特定资源。

最近竞争产品分析法

历史告诉我们，真正具有突破性的产品必须满足如下三个条件：

- 在一些有足够多的客户关心的业绩方面，这些产品明显不同于竞争产品（哪怕在其他方面差些）。
- 这些产品彻底改变了客户的成本效益比。
- 这些产品改变了客户以往进行价值判断的标准。

对于每种突破性产品来说，基本上都存在一种竞争产品为突破性产品的规划提供比较信息。以传真机为例，坦白的说，早期热传真机的印刷质量真的很差，怎么就变得如此畅销呢？因为，很多客户群并不关心输出质量，只关心手写文档或图像的传输速度。在传真技术推广之前，竞争产品有传统邮件、隔夜送货服务（如联邦快递）、非常昂贵的人工快递服务或者广播。

我们将传真机与竞争产品的属性进行了对比，见表4—4。最近竞争产品分析法建议，传真机市场取决于产品较便宜地传送文件图像的能力，比邮件快，比隔夜送货便宜，比电报服务更少人工参与。而且，这项分析可以指出市场化的重要性有多高。没有传真机组成的网络，就没有传真对象，拥有一台传真机也就没有意义。学术界将这种现象称为"网络外部性"，它可以建立或打破一种新产品体系。实际上，尽管构成传真发送的一些基础技术从19世纪50年代开始就出现，而直到1983年建立传真发送频率的通用标准之后，传真机才逐渐广为人知。

表4—4　　　　　　　　　　　传真机与竞争产品的比较

特征	邮件服务	联邦快递	传真机	电报
速度	慢（几天或几周）	隔夜	即时	即时
服务成本	不贵	贵，每份文件花费20美元	相对不贵——按电话时长和耗材收费	相对不贵
设备成本	无	无	初期超过2 000美元	购买设备和网络非常重要
拥有其他用户的价值	无	无	极大，接收者需要拥有一台机器	极大，接收者需要拥有一台机器
可转换信息量	无限	无限	无限	受限，因需向接收者键入文本
传输信息所需努力	很多，通常意味着到达邮局并等待	很少，快递人员会从你手中取走	很少，在自己办公室中任何时间都可以完成，机器可以无人看管	中等，另一端需要人工操作
可用性	受邮政服务时间所限	受隔夜时间电所限	无限制	受办公时间、接收者是否在场所限
质量	高	高	低	低

表4—4明确指出，传真机将重新确定人们为纸质信息传输支付的成本。传真机并未实现内容丰富而高质量的输出和快速传送，而是实现了低质量输出、快捷传送，但这已足以满足很多用户的即时需求。通过使用传真机，客户可以与远在他乡的伙伴进行更便利的合作，尤其是在没有隔夜送货服务或者可靠的本地邮政服务的地区。这样，传真服务较早地促进了全球供应链和通讯链的世界扁平化进程。巧合的是，传真机畅销时，日本正逐渐成为真正重要的全球竞争者，长途有效通讯的需求也得以提高。

理解最近竞争产品的要点在于，该方法可以明确指出你的产品的哪一特点吸引客户、哪种交易是由同一批客户实现的。在传真机案例中，即时而精确的文件图像（合同草案、手写便条或简历等）至关重要。最近竞争产品分析法还能指出，与替代产品相比，你的产品在哪些方面存在劣势。在传真机案例中，购买设备的成本很高；发送传真必须构建用户网络，否则传真机毫无价值。这些都让人望而却步。这说明了为什么早期传真机的使用者仅是规模非常大、可以自己对分支机构组建增值网络的公司。这些客户要求供应商和客户也使用传真机工作，从而拉动了产品需求。

通过消费链分析建模

我们来了解一下，消毒产品项目组如何运用竞争基准的概念。我们提到，这项分析的宗旨在于尽力理解你的产品将如何影响客户体验。对此，我们会用所谓的"消费链"工具。在其他很多书中我们也都介绍过，所以在此我们就不再赘述。关键是，如果你想要了解你对客户体验的影响，你就需要深入考虑采用你的方案之后"消费链"全方位的相互作用，从认知到选择、支付、筹资、使用，以及产品的最终处理或关系中断。我们称这些体验为"环节"。

新业务常常会出现一些难题，是因为业务与客户体验存在一些重大差距，致使整个业务无效。例如，在铱计划中，以摩托罗拉公司为首的财团致力于开发卫星电话。他们计划的重点是电话投入使用后如何运作，但却忽略了电话的销售问题。财团假设，其成员接下来会依次主导项目，并在全球销售电话。但推进这项工作的必要能力始终没有到位。目前，该项目成了以最坏方式开展创新投资的典型。

消费链分析法可以提醒你避免类似问题。你对自己所做的工作非常感兴趣，然而通常情况下客户却不这么感兴趣。他们感兴趣的是满足自己的需求、完成自己的工作。对消费链的理解，还可以使你准确把握如何通过产品的简单使用而实现增值。在支付、服务、融资结构等方面，都有可能实现增值。

对于消费产品，项目组决定对典型客户体验中以下五个环节进行竞争分析：认知、购买、使用、服务、处理。项目组选择这五个环节，是因为他们觉得在这些方面如果没有绝对优势，就不可能开展业务。原因如下：

● **认知**：客户在考虑购买消毒产品之前，必须对该产品有一定认识。

● **购买**：项目组对消毒产品设想了很多客户，由于这些客户目前使用现有竞争产品，项目组认为必须从客户角度考虑转换的风险，想想怎样降低该风险。

● **使用**：很明显，消毒产品的主要卖点是，比现有替代产品消毒成本低而且效果好。产品效果对于预想市场尤为重要，比如医院，因为如果产品不正常，这些客户将面临法律责任。

● **服务**：项目组还认为，要想保持客户的信心，关键是要在各方面都能提供优质服务，对于任何失误都能迅速修正。产品不包括高额转换成本，因此，对客户服务差，将会导致公司永远失去这个客户。

● **处理**：最后，从这类产品推广到客户环境中开始，公司需要认清产品使用结束后的残留物是否有。如果使用完毕还有残留物或化学残余，对客户就很不利。

对医院市场的分析

表 4—5 将消毒产品与医院市场（对风险投资设定架构时所确定的市场）现有的消毒方案进行了比较。第一列是五个关键环节，第二列是消毒产品最近竞争产品，第三列罗列了消毒产品在五个关键环节方面的相关属性。最后一列指出项目组力争实现的亮点，即，优秀的广告宣传、可实现更多销售订单的专业销售团队、产品消毒效果比同类产品高 50%、急单连夜交货、产品使用后无需冲洗。注意，对于消费链的其他所有环节，消毒产品并没有标新立异，而是类似于最近竞争产品。

表 4—5   消毒产品项目的最近竞争产品（NCO）分析

消费链 环节	消毒产品的 最近竞争产品	消毒产品 项目主张	消毒产品 项目亮点
认知	产品已为人所知	广告轰炸	广告重复呈现
购买	销售代表达成订单	专业销售力量	专业销售力量
使用	表面/身体应用	表面/身体应用	消毒效果比同类产品高50%
服务	快速交货	连夜加急交货	加急服务
处理	使用后冲洗	关键成分自然蒸发	无需冲洗

最近竞争产品分析法从根本上指出，消毒产品主要在哪些方面有机会形成排他的竞争优势。如果项目组即将面临的挑战范围（在进行初始构架时已经说明）使得项目组无法提出切实的具体亮点，也许我们会提议终止业务。既然清晰的价值诉求及项目成功理由确实能够得以阐明，项目就可以进一步推进。下一步，我们将分析业务模型的其他内容，即决定模型运作状态的关键指标。

≫ 关键指标 ≪

当你指出自己的产品在哪些方面胜过竞争产品之后，最近竞争产品分析法的最后一步是要确定基准，指出你的组织如何才能超越竞争产品的现有关键指标。你要找出目标客户会注意的独特亮点。如果你找不出主要区别，尤其是如果你不采取一些对客户来说非常重要的措施，想一想，客户为什么购买你的产品、你增加了什么价值，然后认真考虑你所做的假设。

采取关键业绩指标或价值驱动因素等措施，可以根据现有业务模型和优势来源，将影响重要价值创造驱动力的数字展现出来。你需要理解影响价值创造的业务因素，例如：

- 销售增长率
- 利润增长率体现的价格优势
- 经营效益
- 资产效益
- 资产成本

通过关键指标，管理人员可以对业务予以控制（有时表现为管理人员控制的操作界面）。分析师可以评估竞争效果，投资者可以决定某个公司是否比竞争公司更值得投资。实际上，对公司关键指标的理解，是一项标准的价值投资实践。

一般说来，如果你的公司在一个或更多的关键指标上胜过竞争者，你就可以通过制定较好的成本结构（如戴尔公司多年来在电脑销售方面的努力）或客户愿意支付更高利润率的较好解决方案（如诺基亚在移动通信领域的长期优势）获得竞争优势。很明显，消毒产品在广告、销售和服务方面的成本比现有行业标准高的多。要使项目可行，必须通过提高附加利差、保持对客户忠诚或者降低经营成本，尽力弥补成本上的不足。

关键指标由什么决定

对多数行业来说，确定关键指标，是因为存在业务所需、或者直接与销售增长率挂钩的资源。再说说电话运营公司的案例，关键指标数据可以衡量公司在会员费基础上按通话时间计费的方式是否有效。因此，该行业确定了一个衡量指标，即平均用户贡献度，或者说是平均每个人为公司带来的收入。电话运营公司降低电话会员费，以期提高平均用户贡献度。这促使他们与内容提供商协商，如国家广播公司和音乐电视频道等，以便带来更大的平均用户贡献度。这些内容提供商允许操作者看到自己想看的内容，从而说服客户花更多时间使用手机网络，而不是进行娱乐、书信或信息交换等活动。

相比之下，航空业的成本主要集中于购买和使用飞机、保护系统及人员方面的高额固定成本。航空公司在飞机上座率方面也有差别，因为一次航班有一个未使用的座位，就表示公司损失了一笔再也无法挽回的收入，相应的利润也会减少。结果，航空分析师通常采用两项关键指标：每英里乘客飞行的固定成本和收益率。其中，乘客收益率意味着飞机座席的利用程度。

经营传统的砖瓦结构的商店的零售商，只能利用建筑面积展示和销售产品。多年以来，这一空间限制使得分析师不得不做一些比较，如同店销售额比较（将同一家商店某时期销售额与上年同期销售额进行比较）和每平方英尺销售额比较（可与商店以前记录比较，也可与姐妹商店或竞争对手进行比较）。因此，在前言中，我们用商店面积和代售玩具体积作为判断玩具商店的成功形式。

作为新手，如果你所经营的业务单元已有成熟案例，最好能提出一些满足大多数衡量标准的方案，并力求超越其中一些标准。否则，你有什么理由认为自己将会超过行业平均水平呢？如果你正引进一项新的业务单元，你也许会思考如何建立超越现有竞争对手的优势。因此，这一环节的计划成果是，根据竞争标准，确定你需要尽力满足和打破的衡量尺度。

如果你不了解当前的关键指标

在上一本书中，我们介绍了一些确定关键指标的方法。你可以查看目录，或者登录网站 www.discoverydrivengrowth.com，找出最切合你所在行业的确定关键指标的操作。

我们极其强调一点：你不需要非常精确的数据，只需大致的基准数据，证明你所考虑的指标确实体现利润和利润增长，并与你实现产品差异化的规划保持一致。

关键指标分析法的要点，是评估业务设想将对你期望的客户体验造成什么影响。你应当尽力确定一点，即相对于竞争产品，你能否建立一系列有足够多客户重视的、排他的属性。例如，在"采用不同的业务模型重组鲜花业务"案例中，Proflowers 采用与通行的鲜花业务全然不同的模式，实现与客户的直接联系，开出更低的价格，提供更新鲜的花卉。你需要认清，关键指标本身并不是特别重要，只不过你想了解这些指标对客户的最终影响，认清这一点非常重要。

在下一章中，我们将向你展示，这些假设如何转换为数据信息并与该计划的财务报表相结合。我们会给出一些采用消毒产品项目模式的详细案例。

行动步骤

1. 确保你很清楚具体项目的公司层级架构，包括必要的利润、收入和资产回报率或投资规范。

2. 现在，开始选择一项业务单元。思考通过购买你的产品，潜在目标客户哪些需求可以得到满足。试着分析合理数量的可能需求。今天，客户这些需求如何得以满足？此时满足需求的方式有何缺点？这些缺点为什么存在？或许，技术、环境或规则发生了改变，公司就有可能摆脱现有方案的不足，以全新的方式为客户提供服务。

3. 头脑风暴——向客户提供自己的优势产品或擅长的服务从而收取费用，有哪些方式（至少确定三种）？以下是几种最常见的方式：

- 以物理单元收费（烤箱）
- 收取服务费用（理发或安排外包）
- 收取会员费（杂志或电话费）
- 出售具体成果（航空旅行）

● 出售实践（咨询日）

● 出售资产使用权（计算能力）

● 出售其他资源使用权（办公地点或临时服务）

● 出售效益（收入分成或集资安排）

● 为最终用户或第三方创造收益而收取费用（广告、分销、保险经纪）

4. 在这些方式中，有没有哪些方式可以消除现有方式的不足，并且会给目标客户群体带来新的积极影响？如果有，针对这些方式采取以下步骤。

5. 想一想，在项目成熟之前，你的业务单元将以什么形式收取费用。

6. 接下来，用所需收入除以单元价格。根据分析，你必须出售多少单元产品或服务？

7. 现在，进行最相近竞争产品分析和市场规模分析。对于产品的独特亮点，你是否有清晰认识？市场规模能否维持业务？这种业务方式是否仍然可行？

8. 如果计划变得不现实，返回重新思考。

9. 在此阶段，如果业务方式可行，按照下一章的步骤进行。

第 5 章
将创意转变为增长计划

对于每个有助于推进公司增长战略的项目，你都认真思考了增长计划的成功途径，你已经制定了架构。你确定了一项业务单元，将你所提供的产品与竞争产品进行了比较，并提出至少一个独特亮点。你需要假设组织关注那些成功实现客户差异化体验的关键指标，这些就为你的假设打下了基础。到目前为止，重点在于对已提出的创意进行评估，了解这些创意是否有意义，对其局限性持现实态度，放弃那些没有体现出强大潜力的创意。接下来，你需要更深入地了解如何将项目从创意转变为真正的增长计划。

》》 以学习计划形式充实增长项目 《

下一步是制订有别于传统计划的学习计划。为了进行这一步骤，你需要建立若干个关键文件。首先是一组所谓的"逆向财务指标"，这一指标由一些财务文件（通常是电子表格形式）构成，有助于模拟方案中所有不同的假设如何互相影响，并了解新信息的获取是会推动计划进行还是会带来风险。在学习过程中，文件不断变动，而不是成品。其次，我们还会看看"交付规范"，该文件认真描述了要使项目成功需要实际完成哪些工作，包括一些满足市场及销售、提供服务、获取资源所需的投资和活动。实际上，它包括你所提到的客户消费链中所有环节的传递所需的投资与活动。与交付规范同时完成的，还有"假设清单"，这也是发现导向型规划与更多传统方法的区别所在。将这些文件集合在一起，就组成了精心设计检验模拟增长计划中的假设的试验蓝图。随着蓝图的一步步明朗，这一计划也会越来越接近增长目标，而不必非要与原计划保持一致。在本书布局图中，这些步骤都有所强调。

记住，虽然你做了很多工作，但这并不意味着你是对的。到目前为止，你所做出的很多假设几乎都是错误的。实际上这还算好，因为此时你还没有真正投入金钱，只是根据猜想努力确定方向，找到实现初期增长创意的初始动力。你的前进目标，就是明确项目团队的工作重心。这样，在你开始投资之前，你就更加明确自己需要学习什么。

≫ 简单的逆向损益表及案例 ≪

顾名思义，"逆向"或反向损益表由损益表底线开始，逆向计算实现损益表底线还需完成多少业务量。这与你根据第 3 章搭建的架构拟定计划的理念相一致。这是一个强大的工具，有助于确保创意的现实性。通常，公司不会按原则思考和阐明必须完成的事项，只是假设"事情会迎刃而解，因为机遇很好"，这样，往往在失望地终止项目时耗费巨大成本。例如，从事声音及语音识别行业的一些公司，错误地认为市场规模和增长数量非常可观，计划只需开拓整个业务的很小一部分，就能实现预期目标。然而多数公司发现自己的细分市场太小，无法维持企业运营。而且，多数应用产品未能成为市场主流。

工商管理硕士们喜欢用电子表格计算增加的收入，未来每年递增 10%。真正的管理人员不会这样做，不是吗？或者，最悲哀的是，一些想要创业的家伙一厢情愿地看待问题，比如可实现的市场规模，因此他们认为前途一片光明。我想到塞格威轻型载人车，这种产品没有大规模宣传，一直都是适当应用。投资者对养老院市场颇为失望。假设人口老龄化会带来相关服务的大规模发展，投资者失望的原因是，老人们发现其他居家产品更具吸引力，而且夫妇二人寿命的提高意味着他们可以有更长的时间相互照顾。

建立逆向损益表时，你需要确定预期收入额、可容许成本、资产收益率、最大可用资产以及预期销售额。发现导向型规划的最大特色在于，由于你已经完成了架构，你可以很清楚项目要吸引投资者必须完成哪些事项。

举个例子可能更有助于理解。你应该很熟悉威廉克斯，我们在前言中介绍了这家玩具商店的模拟发现导向型规划。制定这项计划时，我们首先假设，创办人金衡·卡尔森对这个投资项目的预期的税前利润是每年25万美元。这项操作类似于拟定公司层级架构。我们鼓励人们拟定架构，哪怕架构结构非常简单。我们假设，玩具商店的销售回报率固定在50%，而其业务单元是单个的玩具，每件玩具的平均价格将是25美元。由此得出一项有趣的数字："可容许成本"。我们将会猜想这项业务主要需要哪些程序，以便建立逆向损益表。

注意，表5—1中，我们先确定这项业务的税前利润为25万美元，销售回报率为50%。因此收入额需达到50万美元，可容许成本为25万美元。换句话说，在成本不超过25万美元的前提下，如果卡尔森可以获得50万美元左右的利润，他的计划就有望实现预期结果。在发现导向型规划中，我们接下来会完成其他业务活动，首先是这项业务的销售利润。我们假设，商店里每件产品的平均价格将是25美元，这就意味着他必须销售2万件产品，平均每位买主会购买两件产品，每年实现1万笔销售。

表5—1   **玩具商店的逆向损益表**

业务规范		数据来源
所需税前利润	250 000 美元	管理决策
销售回报率	50%	假设
所需收入	500 000 美元	计算
可容许成本	250 000 美元	计算
业务单元		
每件产品平均价格	25 美元	假设
所需产品销售数量	20 000 件	计算

续前表

业务单元		数据来源
顾客平均每次购买产品数量	2 件	假设
所需购买次数	10 000 次	计算
每笔交易的广告 / 营销费用	3 美元	假设
广告 / 营销费用总计	30 000 美元	计算
每平方英尺店铺租金	30 美元	基准数据
店铺面积	3 100 平方英尺	实际数据
租金总计	93 000 美元	计算
每年库存成本占总销售额百分比	10%	基准数据
库存成本总计	50 000 美元	计算
销售人员每小时费用	8 美元	基准数据
每周小时数	40 小时	基准数据
销售人员每周费用	320 美元	计算
每年周数	52 周	实际数据
每年销售费用	16 640 美元	计算
销售人员人数	2 人	假设
每年销售费用	33 280 美元	计算
可容许成本分析		
广告 / 营销费用	30 000 美元	由上可知
租金	93 000 美元	由上可知
库存成本	50 000 美元	由上可知
每年销售费用	33 280 美元	由上可知
预计总成本	206 280 美元	计算
可容许成本	250 000 美元	
预计成本	206 280 美元	
机动成本	43 720 美元	计算

对于如何建立业务的消费链，这种计算方法自然为我们提供了

一种思路。你先要通过广告和营销实现产品认知，才能实现销售。我们对这项业务了解不太多，假定每笔销售需要花费 3 美元才能实现顾客认知。3 美元乘以 1 万件等于 3 万美元，也就是说我们进行广告和营销的预算是 3 万美元。同样，我们还需要考虑租金、库存、销售人员以及其他成本，这些数据在表格中也已注明。这些数字通常只是我们的猜想。通过完成这项业务的消费链，并将建立成本与预估的可容许成本进行比较，我们就可以了解我们的提案是否正确，哪些地方有误。通过计算，如果不动用利润，卡尔森剩下的机动成本是 43 720 美元，这包含了这项业务可能产生的其他全部费用。重申一下，我们的理念是，计划必须非常现实可行，但在细节上不必太过计较。

≫ 交付规范 ≪

我们刚刚从所需利润和收入着手，了解了初期增长计划的设计规模。现在，我们需要完成财务报表的剩余部分，但整个过程是逆向的。我们即将采取的每一组措施，对于建立完整业务以及制定有关业务的实施方式、花多少成本、项目是否可行的假设，都很有必要。

通过逆向损益表，我们可以开始系统地计算关键指标。而你认为这些指标可以实际带来比竞争产品更佳的客户体验。你需要计算出在特定客户消费链的每个环节所发生的各项成本，并在损益表中用可容许成本减去这些成本。同样，你也能确定将哪些资产用于各个环节，并在接下来的资产平衡表中，用可容许资产减去资产承诺。

这一步骤的目的在于，在设计客户体验时，用初始架构设定的可容许成本与资产减去相关成本与资产，从而系统计算每项成本及资产需求。为此，你需要同时开发另一项重要的发现导向型规划工具："交付规范"。

财务预估并不是凭空产生的。为了获取收入和利润，有些人必须销售、生产并交付一些产品，从而引发成本，需要资金。这些组织的交付规范，将财务指标与实际采取的增长计划经营措施衔接起来。交付规范描述了关于营造预期客户体验所需措施的假设。

发现导向型规划和传统规划的另一主要区别在于，在发现导向型规划中，根据所需利润和资产回报率，你可以逆向推出这些计划必须如何实施。例如，通过你需要销售的单元数量，你可以了解自己需要多少生产线才能完成所需订单。或者，你可以算出必须提供的咨询小时数，计算需要开展多少咨询项目才能赚取所需咨询费。或者，你要计算，你需要雇佣多少名经纪人，才能销售足够多的保险单以实现新的保险费流。这些数字分别构成了在客户消费链中实现关键环节所需经营活动的成本。

为什么一定要确定组织在业务方面能够实现什么呢？原因有四。首先，它将战略方向转变为每个人都可以理解的形式。交付规范，使得每个人都明白自己的具体活动如何构成项目并影响其成果。其次，交付规范指明了营造竞争力的重点所在。你需要确定需要完成哪些事项才能实现财务指标。再次，业务经营中存在很多危险的假设。比如，我们见过很多没有远见的投资经理轻率地做出假设，认为目前的销售人员非常乐于销售新产品。事实并非如此。大多数情况下，销售人员更愿意继续销售自己已经了解并克服了推销难题的产品。对于这些产品，客户几乎都是自己下订单，而不用上门推销，销售人员可以轻而易举地获得销售提成。而花时间了解新产品，会浪费销售时间。最后，交付物组合中包含的活动越多越丰富，竞争者就越难以仿造和复制产品。因此，如果你的银行账户产品包括投资建议、厂家提供的购物折扣、自动接受海外金融机构服务、信用卡和借记卡服务，竞争者就必须先要整合类似能力，才能抄袭你的经营模式，与你抗衡。

在针对典型制造业项目召开的一次工作会议上（理想情况下，与会者应该是对市场、销售、财务和经营等职能持不同观点的人以及实际了解目标市场产品运作的人），你会提出一些问题，示例如下：

● 需要多少销售人员，打多少销售电话，销售成功率达到多少，才能达到实现项目预期收益所需订单数量？

● 用收入的百分之几打广告，人们才能意识到我们的产品已经在目标市场中出现？其中又有多大比例的人能成为我们的客户？

● 根据每笔交付的订单数，需要交付多少次，以履行可实现收入的订单？

诸如此类。

另一方面，对于典型的互联网业务，你会提出类似这样的问题：

● 根据网站游客比例，点击量达到多少才能实现我们所需的广告效益？

● 我们需要接受多少抱怨或者做出多少回复？

● 我们平均为每位客户处理过多少求助电话？耗时多少？

● 对于每份担保、保险单或服务合同，有多少欺诈性索赔需要我们跟进？

● 我们需要多少后台人员对操作系统进行维护？

这些问题都很明确。在每个项目中，我们都能找出一组恰当问题与其消费链相对应。

正如你看到的，对于每项业务设计，人们都会假设业务的具体运作方式。这类假设无需力求精确或完美。如果你刚刚开始，就需要确保你不会将不现实的操作假设加入到规划中，或者忽略实现业务所需的主要成本或资金承诺，因为这样往往导致失败。

抓住危险的假设——在它们伤到你之前

举一个例子说明业务领导者如何拟定不切实际的规划。这件事发生在我们的一个发现导向型规划工作室。当我们即将完成交付规范时，一位高层领导提到，他已经答应老板，投资目标是先在 12 个月内实现现金流。在交付规范中，我们宣称，这项计划并不会利用公司现有的销售力量，而是雇佣一个全新的销售团队。原因在于，与现行业务相比，目标客户处于不同的组织层面，并有完全不同的需求组合。

这项假设的提出，显然引起规划团队的担忧。管理人员希望在 12 个月内利用新产品实现现金流，然而他连一个销售人员都没有。好吧，逻辑上，问题在于，不说组建一个新团队，招聘哪怕一个真正优秀的销售人员需要多长时间？我们乐观估计需要 4 个月，这还是在他迅速开展招聘的情况下。这样剩下 8 个月时间实现现金流。让销售新人对产品或服务非常了解并有效沟通，需要花费多长时间？再花费另一个 4 个月。管理人员只剩 4 个月时间来形成认知，给客户打电话，订立合同，并为公司带来现金收入。对于客户不熟悉的全新产品销售，这样可行吗？我们并不乐观……

这次讨论，促使人们重新思考已规划的进入市场方式。项目组提出了新的创意，即与一位试用客户合作开发产品。本案例中的"销售"，也许是高层领导团队对客户公司高层领导的销售。首先要早早吸引客户，这样就一定能为所有人实现更好的设计和更优质的产品。

结果，这一方法运行得非常好，客户公司高层领导非常满意。所有使用的客户也在各自行业中积极推广新产品。虽然没有实际销售人员，还是迅速带来了可观的现金流。

这证实了我们的一个主要观点：采用发现导向型规划可以帮你指出你真正需要创新的环节，并避免在创新时遭受损失。

≫ 假设清单 ≪

在前言中，我们讨论了发现导向型规划的一个主要优点，它可以帮你克服大量的认知和感性偏见，而这些偏见可能阻碍你对新业务做出正确的决策。假设清单是否采用我们所谓的假设知识，对于能否有效把握形势至关重要。你需要明确假设，并公布这些假设。你还必须告诉项目的其他参与者，使之不再只是个人观点。而且，由于明确说明这只是假设，项目成员就不会执着于它而非要实现正确的结果。

假设清单是交付规范的配套文档，目的在于对思考项目交付物时做出的关键假设加以总结。对于不同的项目，我们都可以在相关清单中找到不同的假设。表5—2是我们在开始时使用的模版。

表 5—2 假设清单模版

假设 编号	假设 内容	相关 数据	数据 来源	最近检验 日期	责任方	备注

"假设描述"一列描述假设内容。比如,产品价格、销售人员数量或者生产工人的薪水。你应当关注针对核心消费链的最关键的假设。否则,你就会发现项目组纠结于太多细节性假设。而根据这些假设,你会做出非常错误的决定,对项目结果造成不良的影响。尤其是在项目早期,你更应避免考虑太多细节。不管怎样,出错的可能性确实存在,规划制定得越详细,重新规划起来就越痛苦。我们在玩具商店案例中已经讲过,开始时你可以经常试用目标行业相关比值,作为主要成本和资产需求的通用指标。

一些典型的重要假设

尽管每项业务各不相同,但仍存在一些对项目而言至关重要的典型假设。注意,对于所有增长项目来说,清单中的假设并非全都重要。

业务模型假设
- 成本、资产、收入结构和时间控制
- 主要障碍与突破障碍的可行性

市场假设
- 购买主体及购买原因:质量、持续性和购买次数
- 不同的市场群体如何表现

- 市场增长率
- 实现目标市场规模或市场份额的成本和时间
- 分销渠道及其实现方式
- 价格、产品、功能、服务、市场战略

产品及服务开发假设

- 开发时间及成本
- 与市场需求相关的功能的特点

竞争假设

- 与竞争产品相比有何优势
- 产品优势持续时间
- 面临的竞争类型
- 可能引发哪些竞争反应

制作及生产假设

- 控制产品成本及质量的能力
- 所需服务及其成本
- 实现预期生产规模的能力
- 能否获得具备所需知识和技能的人员

财务假设

- 开发时间及成本
- 实现资金平衡所需现金
- 每天、每周、每月损益平衡
- 将数字分解为可控单元
- 实现盈亏平衡所需投资，以期实现利润目标
- 毛利率与净利率
- 实现上述目标所需时间
- 不同规模下的成本、利润及损失

在表 5—2 中的"相关数据"列，你可以输入自己当前的最佳预估。因此，比如说，如果你认为毛利率将达到 45%，你就可以在第一列写上"毛利率"，在第二列写上"45%"。

在"数据来源"一列，你可以输入数据的来源。是咨询报告，市场试验，还是竞争情报。数据来源的记录之所以重要，是因为在假设的拟定依据并不确定的情况下，这项假设通常需要重新返回规划步骤。一定要记住，如果真的充满不确定性，那么谁都无法准确无误地预见未来。加特纳集团公司说过的也不一定是真理。只能说，一些聪明并接受过高等教育的人进行了相关推测。

"最近检验日期"一列有助于避免将未经检验的重要假设加入到规划之中。只要不是判断型假设，大多数假设都应定期进行检验。"责任方"一列通常是指同意遵照假设开展工作或者掌握了充分信息的人员。一些公司指定人员承担控制假设的职责（在以前的一篇文章中，我们称之为"假设管理员"）。在其他公司，这项职责是分散的。不管怎样，你都会希望了解谁能提供最佳的假设信息，所以不要在这一列留空白。

假设编号有助于项目成员将假设清单与全盘规划联系起来。当然，备注有助于记录表中没有列出的内容。

反馈而不是臆想

在你拟定交付规范时，对于细节的处理，一定要在粗略和惯性之间取得平衡。开始时，我们要先拟定像稻草人一样粗略的规划，因为积极沟通和讨论对于发现导向型规划原则至关重要。这时，你所做出的假设不需要非常精确，更不需要非常完整。记住，在不确定的情况下，大致的正确要好过精确的错误！你要坚持使用发现导向型规划，向精通类似市场、技术、操作、分销和物流的人员了解相关信息，要求他们讨论初始规划中的假设是否合理。如果他们有些担心，找出担心的原因，并询问他们什么是最好的修改方案，这样修改的原因是什么。如果他们提出了其他想法，就需要在假设清单中注明。通常，给熟人、业内专家、潜在客户、供应商或者经销商打电话或进行一次讨论，你就可以获得很多信息。

你可以采用简单的电子表格列出组织的一系列交付规范，无需花费任何金钱。这样，缺陷和没有依据的假设常常会变得极其明显，而你就算全盘皆输也不用支付失败成本。重申一下，在创新过程中，比起使不确定项目切合更确定的操作规划，采用发现导向型规划方式要轻松得多。

制定逆向财务指标

深入理解逆向财务指标的组成成分之后，你就可以按照以下步骤，实际进行逆向财务指标分析。

第一步：建立逆向损益表。这样你就可以了解你需要销售多少产品单元，并了解你为实现预期利润及利润率可以耗费的最高成本。这一数据也非常重要。通过这一步骤，你还可以了解增长计划所需范围。即，在市场开拓、销售、生产、信息技术及其他成本方面你需要做什么。

第二步：拟定交付规范。这份文件将告诉你，如何判断自己开发出的产品是否完全从客户角度出发。为此，我们通常会讲述如何实现客户消费链中的每个重要环节。此时我们最感兴趣的是影响费用和资产承诺的事项。而后，将逆向损益表和逆向平衡表中的"可容许"部分减去费用和资产承诺。

在大部分时间里，你将会采用电子表格或专业规划软件来制定交付规范。你将希望完成以下几件事情，使得电子表格易于控制并切合实际：

- 对于规划中每项相关数据点设置行号。
- 记录相关数据（成本或收入额）。
- 确定一行中的信息类别。我们为特定信息标出来源：假设、控制标准或者用规划中其他数字进行计算。这样便于对关键假设加以强调（我们用绿色标注），你就能很快了解这项假设在规划中的位置。
- 你还会将基准数据列入规划，以便记住做出关键决策的原因。这样，你就会将基准数据填在其中一列，而将规划填在另一列。
- 你还希望注明数据来源，尤其是通过计算得出时。
- 最后，如果这项数字是假设，你会发现最好能对每项假设设定一个单独的数据，这样有助于我们接下来理解投资过程中的重大事件和假设检验之间的联系。

第三步：与第二步同时，第三步是建立假设清单。正如我们讲过的，清单概括了你做出的主要假设、该假设存在的合理性以及假设依据。我们建议，你最好能注明最近一次对关键假设进行检验的时间，从而确保你没有忽略任何重要因素。

第四步：运用同一系列理念，你就可以建立逆向平衡表，找出可调用的资产最大值，加上经营计划所需的主要资产，即可计算出目标收益。你还可以了解，除去刚开始为实现预期利润所耗的成本，你还拥有多少机动成本。

第五步：完全理解上述内容之后，开始进行最后一步：分析。

目的是力求了解其影响。这一步最好由团队完成,以便提出不同的分析意见。在对于即将开展的规划进行深入思考时,你需要探索其基本结构。能否做到在可容许成本框架内运行增长计划?你能否现实地分析时间分配?如果项目耗资巨大或存在很大风险,你需要建立简单模型以了解项目规划对假设变动的敏感性。在本章结尾,我们会讲讲这些细节。

≫ 消毒产品项目案例 ≪

我们曾经假设,消毒产品项目是旨在建立新业务的增长计划。这项新业务的主要特点是,产品消毒效果非常好,在医院使用要比竞争产品更加划算。为使母公司(三菱化学公司)可以从该项目中获利,我们推断,这项投资必须产生至少5 000万美元的收入(见第3章)。在项目组考虑产品的业务单元之后,结论是,改变消毒业务通行的业务单元(1加仑液体)并不能产生特定利益(第4章)。你一定记得,项目组将产品销售希望寄托与此:消毒产品将比业内同行价格低10%,每加仑售价50美元。这意味着,新业务成熟后,公司每年需要销售100万加仑产品。顺便说一句,我们不是非要同意这项定价策略。如果你想增加价值,就应该在开始时确定价格。因为一旦你在市场上立足就很难提价。

≫ 整体分析 ≪

在第3章中,我们为消毒产品项目建立了由一些数字组成的架构。架构设定后，将操作信息相关数字填入原始表格，你才能建立逆向损益表和交付规范。我们已经建立了表 5—3，与电子表格或项目规划的应用范围一致。注意，假设定价 50 美元，我们已经做出标示（行 F7）。还要注意，通过限定增长计划经营成本不超过 4 000 万美元（行 F6），表格设定了我们计划交付物成本的上限。

表 5—3 消毒产品项目逆向损益表开头

行号	数据	基础	基准	规划	数据来源或计算公式	假设编号
F1	经营利润	管理决策		10 000 000 美元		
F2	所需资产回报率（ROA）	管理决策	20%	33.3%		
F3	所需毛利率	管理决策	15%	20%		
F4	可容许的资产规模	计算		30 030 030 美元	F1/F2	
F5	必要收入	计算		50 000 000 美元	F1/F3	
F6	可容许成本	计算		40 000 000 美元	F5−F1	
F7	每加仑售价	假设：比最近竞争产品（NCO）低10%	目前竞争产品售价55美元	50 美元		1
F8	所需销售加仑数	计算		1 000 000	F5/F7	
F9	每天销售加仑数（每年 250 个工作日）	计算		4 000	F8/250	

表格建好之后，我们就可以开始了解，这项新业务将以什么样的方式为客户带来我们在第 4 章中设计的体验。你将会再次了解，消毒产品项目的最大特点，在于其消费链中"认知"和"购买"环节具有广告轰炸和专业销售力量的特点。接下来，我们会确定具体

的关键指标，以描述行业标准与我们为消毒产品项目所做规划之间有何不同。而后，我们会将这些指标转化成假设和计算，以便了解规划是否切实可行。表5—4 向你展示了这一转换在电子表格中的体现形式。

表 5—4　　　　　　　　　　更优认知及购买体验表格

行号	数据	基础	基准	规划	数据来源或计算公式	假设编号
F29	广告费用占销售额百分比	行业平均值	6%	12%	行业协会报告	2
F30	广告费用总计	计算	6 000 000 美元		F21×F29	
F32	单笔订单加仑数	假设	10	10	经销商	3
F33	单笔订单所需电话次数	假设	2	5	经销商	4
F34	每天销售电话次数	假设	8	6	经销商	5
F35	每年销售天数	假设	250	250	经销商	6
F36	每年每位销售员所售产品加仑数	计算		3 000	F32×F34/F33×F35	
F37	所需销售人员数量	计算		333	F25/F36	
F38	销售提成	假设	10%	15%	竞争对手	7
F39	销售人员薪水	假设	30 000 美元	30 000 美元	竞争对手	8
F40	提成总额	计算	7 500 000 美元		F21×F38	
F41	销售人员收入总计	计算	10 000 000 美元		F37×F39	
F42	销售成本总额	计算	17 500 000 美元		F40+F41	

项目组研究表明，业内竞争企业用于广告的平均成本占销售额的6%（行 F29）。项目组假设，要想实现对客户认知的重大影响效果，项目需要准备将行业平均值两倍的成本用于广告，即销售额的12%。另外，项目组还假设，与一般的新产品相比，销售人员需要

打更多的销售电话，但每天要比销售现有的一般产品打更少的电话。由于这些销售人员比一般产品销售人员期望达到更高的水平，他们预计会得到更多的提成。在我们的虚拟案例中，项目组计划支付15%的提成，而行业标准仅为10%。这些数据和假设中的每一项都已说明，因此也应列入规划。

通过这项分析，我们可以得出如下结论：首先，如果真要建立差异化认知和购买体验，我们就必须有能力启动更有激励性和耗资更多的销售程序。其次，新计划的规模极为可观，需要333名销售人员（F37），其中每位销售人员每年必须销售3 000加仑（F36）。

你应该选择强调哪项假设？答案并不是一成不变的，发现导向型规划的一些方法指出了不同的业务规律。比如，在消毒产品项目案例中，我们假设某项业务一年内基本保持不变。而对于第1章讲到的玩具商店案例，我们假设这项业务有很强的周期性，并将这一假设加入到模型中。

为了建立完整的逆向损益表，你需要添加其他有用的关键指标，以实现我们所确定的消费链。这些指标包括制造及分销运作方式、业务所需资产支持以及其他事项的假设，如间接成本。简便起见，我们不会在此填完所有指标。你可以从网站 www. discoverydrivengrowth.com 下载消毒产品项目完整的逆向损益表。

≫ 可行性分析 ≪

完成交付规范的各项成份之后，你需要对该项业务的基础性关键指标做出最佳假设，而后填入逆向损益表并加以完善。这样，你就可以汇总实现关键指标所需成本，并与第1章中设定的业务架构进行比较。表5—5对消毒产品项目业务分析进行了汇总。你可以将实现业务所需全部成本相加，看计算结果是否小于架构设定的最高成本。

表5—5 得出交付物后的逆向损益表

规划要素	数据	备注
所需收入	5 000 万美元	由初始架构得出
可容许成本总额	4 000 万美元	由初始架构得出
销售成本	1 750 万美元	见表5—4，行F42
广告成本	600 万美元	假设
原料成本	1 300 万美元	计算
生产工人薪资	168 万美元	计算
运费	40 万美元	计算
折旧费用	120 万美元	计算
日常开支	500 万美元	计算
成本要素总计	4 478 万美元	
超额成本	478 万美元	
预期利润	522 万美元	而不是所需的 1 000 万美元
销售回报率	10.4%	而不是所需的 20%

通过这一模型，你可以了解到，消毒产品项目业务参数与发现导向型架构之间存在一些不妙的关系。首先，如果交付规范符合预期，成本就会高于我们在架构中确定的数值，而利润会少于架构相关数值。这就涉及到增长计划产生的原因，即，使得三菱公司进入比现有核心业务更具吸引力的市场。其次，事实证明，如果消毒产品项目可以以更低的成本推翻既定模式，这项计划将会大力推动销

售和市场开拓。你可以根据逆向损益表中的要素完成项目的相关假
设清单，如表 5—6 所示。

表 5—6 消毒产品项目假设清单前三项假设

假设内容	相关数据	数据来源	最近检验日期	责任方	假设编号	备注
每加仑售价	比最近竞争产品低10%，为50美元。	当前价格55美元。	7/6/2008	市场总监	1	
广告费用占销售额百分比	根据项目业务规模，为行业平均值的2倍，即600万美元。	分析师称，行业平均值为6%；我们需要建立认知，因此费用更高。	5/4/2008	市场总监	2	广告效果是决定项目成功与否的关键因素。
单笔订单加仑数	假设为10。	经销商称，当前数据为10。	5/5/2008	运营总监	3	
诸如此类……						

　　表5—5所示的逆向损益表显示,项目规划此时会得到重新设计,
与消毒产品项目组以前的设想不一定完全相同。这不一定是坏事。
记住，我们根本没有花钱！问题是，我们能否设计出新的业务方式
以便构思更多诱人的规划。或者，我们能否设计出全新方式，实现
消毒产品项目技术基础的商业化。充分运用创造性，调整项目方
向，建立全新模型，寻找新的目标市场，或者开发新的应用产品，
项目便有可能从中获利。这对于发现导向型规划而言极其正常又至
关重要，因为它可以使你的公司花费很低的成本，迅速确定待定增
长计划能否获得高层支持。这样，你的公司就可以有效地放弃和回
避耗资巨大却没有高层支持的体验议案，将资金和更为重要的创造
性人才集中用于增长前景确实更为明朗的其他项目。此时，消毒
产品项目组需要找到一种方法，调整战略方向，或者必须转向更好

的机遇。

在规划过程中，此时你应当已经完成了一组初始逆向财务指标，根据增长计划运作方式拟定提出假设的早期交付规范，并制定初始假设清单来整合全部假设。多数情况下，这样你就可以继续进行下一步的操作。但有时对于非常复杂、风险巨大或者耗资较多的项目来说，有必要进行更为复杂的分析。

≫ 更为复杂的分析 ≪

到目前为止，我们已经提到过单个交付规范的构成要素。但我们都知道，实际生活远比这复杂。要想提高分析的复杂性，你可以限定假设区间。如果你确实没有任何头绪，可以限定较为广泛的区间。如果你非常肯定所处的区域，你就可以限定非常小的区间。例如，对于消毒产品项目，你可以限定 50 美元上下的价格区间。

如果你已在项目规划中对主要假设加以限定，你就可以将这些数据输入模拟程序，从输入区间中选取不同的值，先后代入项目规划中计算结果。在表格中使用 If 函数，可以很快进行数百次运算。通过模拟，你可以了解业务实际执行的结果，即在既定区间内对输入变量取值（即假设）并运算数百次，得出每次的运算结果。而后，可以利用模拟方案分析哪项输入变量可以在最大程度上影响项目成果，如销售收入或者利润。这样，对于项目规划中的不同假设，你可以着重加强对影响程度最高的因素进行创新。通过这一分析，你可以了解哪些假设对于营收成果最为关键，哪些假设不会带来实际影响。

在本书网站 www.discoverydrivengrowth.com，你可以下载一个简单易学的软件包，以便对项目规划中的简单假设进行运算。在软件包的输出结果中，有一张阶梯图，可以直观地展示哪些假设确实能造成重大影响，而哪些不能。对于我们假定的消毒产品项目业务，其阶梯图如图 5—1 所示。

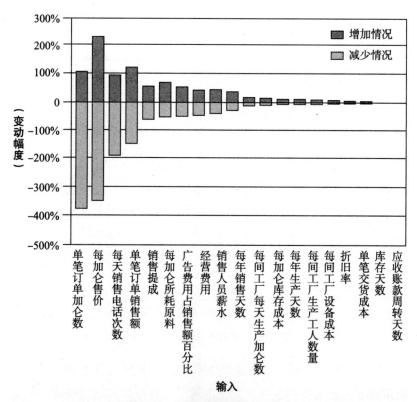

图 5—1 对利润影响最大的假设

注：这份阶梯图体现了利润对假设的敏感度。它可以反映当输入变量从中间值到最大和最小值变动时，对输出值的增加或减少的影响。

注意，只有一部分假设对消毒产品项目利润影响重大。这些假设包括单笔订单加仑数、每加仑售价、每天销售电话次数等。而单笔订单所需电话次数要比其他多数变量更重要。这也反映出项目组的战略：注重购买环节，实现消毒产品项目差异化。

随着项目的开展，你需要找到一些方法，对于最能影响利润的假设进行重新设计。此外，你还应尽早以耗资少而充满创意的方式，对这些特定假设进行检验。如果这些变量对项目的冲击并不会随着项目开展而削弱，你就无需进行尝试，而要认真考虑终止项目。

模拟程序输出的另一个结果是成本及收入可能性分布图。例如，消毒产品项目模拟产生了如图 5—2 所示的条形图。

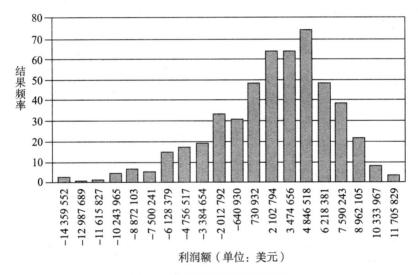

图 5—2　消毒产品项目利润分布

由图 5—2 可知，在消毒产品项目预期利润不低于 370 万美元的前提下，如果我们运气太差，出现了所有最坏的假设情况，消毒产品项目每年亏损可达 1 430 万美元。而如果一切进展顺利，所有假设都出现最好的情况，消毒产品项目年利润可达 1 170 万美元。项目组需要找到持续检验的方法，以确保如果亏损，项目组可以尽力将亏损额减少。这就需要确定假设检验的着眼点，我们在下一章会着重讲解。

行动步骤

1. 按照本章的介绍，拟定逆向财务报表，表明在项目成熟期或稳定情况下的损益表和平衡表情况。

2. 拟定初始交付规范，同时填入假设清单。

3. 想一下，在给定假设的情况下，增长计划是否依然可行？项目成本会不会超过可容许成本范围？能否带来预期利润？想一想，如果一些更重要的假设有误，例如，如果价格低于预期的 10%、市场空间更小或者成本更高，会造成什么结果？

4. 如果喜欢，你可以做一些更复杂的分析，认真思考其应用。

5. 如果增长计划不可行，你可以发挥自己的创造性，思考改进办法：提高售价？降低成本？缩小规模？确定不同的目标市场？不同的产品？合资？

6. 如果项目可行，翻开下一页，一起学习下一章。

第6章
把握进度，调整方向

项目进行到这一步，你已经确定了学习规划所需的基本业务情况。在本章，我们会为你介绍拟定计划所用的最后一个工具：检查点审核表。我们还会为你讲解，随着规划的推进，第5章中的假设清单以及本章的检查点审核表如何运作。然而，发现导向型规划是否有效，并不在于规划文档，而在于你如何使用这一方法，让团队中每位成员以及其他专家了解如何抓住真正的发展机遇或者尽早避免沉痛的损失。

实际上，本章内容将由制定计划转向把握计划，整合规划步骤以便更好地管理投资。这些活动在本书布局图中有所强调。

>> 应用检查点 <<

对于任何新业务，通过了解假设与实际是否相符，你都可以学到很多。有时，在着手开发新业务时，这些情况或事件自然会发生：潜在的客户也许会告诉你，他需要利用既定解决方案实现何种价值；或者你的一位研究员会有突破性的创意来解决技术难题。在其他时候，你必须专门召开管理会议以获取信息，例如进行试点研究或者建立模拟系统。我们可以把这些事件作为发现导向型规划的检查点，以便随着项目的开展，专门安排对假设进行系统性检验。因此，下一项重大规划活动，是设计一系列检查点，对规划进行控制和管理，以及调整规划方向。

对于前景不明朗的项目

增长前景不明朗的项目，它的评估频率和管理结构与众不同，以及时间和业务动态均造就了对业务的必然要求：当财政年度中旺季来临时，每个人都像疯了一样努力工作。人们严格依照既定的规划时限制定决策。根据日期决定评估周期存在一定的困难。如果过早进行评估，每个人都得浪费大量时间进行毫无意义的准备和讨论；而如果评估太迟，公司也会错过减少成本或重新定向的机遇。

我们建议，不要根据增长计划本身的基本动态来确定评估频率。只在以下情况下，才应该进行项目评估：项目组完成了足够多的尝试和开发活动，评估的确有意义；或者，项目组需要做出重大决策，调整投资方向或者终止业务。

在诺基亚公司，人们认为评估取决于项目的资源消耗密度，即所谓的"V里程碑"。这样就更进一步降低了风险。一位经理这样描述V里程碑：

> 在V0阶段，我们认可了这项业务创意，确定了业务创意的关键因素，即目标客户群、产品理念、我们努力满足的目标群体需求、组织所获利益及竞争地位。我们还必须认识到该创意在公司规模及财务方面的上升潜力……在V1阶段，根据我们所讨论的业务模式类型，我们完成了几次试验。如果该创意对于一些典型客户有效，我们可以进行初步的检验……如果需要合作，我们会找几个合作方；如果本阶段需要技术，我们可以对这项技术进行检验或论证、核实。V2是市场或业务提成阶段……在V3阶段，业务完全成熟，便成为传统的风险投资。

对于关键检查点，你可以做出很多选择，而无须盲目地继续。你可以终止项目、转变项目方向、以某种形式进行项目分解、项目拆分、暂时搁置、与另一项业务合并或者积极启动项目。我们发现，项目经理往往对项目计划的单项成果过分关注，因此，如果项目组希望对这些选项进行认真的考虑，外界观点也很重要。

重点检查与调整方向并重

基于检查点的规划，与传统方法有很大区别。首先，程序不同。如阶段管理规划，通过关键学习活动而非预想阶段推动规划。实际上，当前研究显示，阶段管理程序常常不利于创新性的程序，并抑制了学习。其次，检查点规划促使人们思考更多的风险投资选项，而不是简单的做或不做。再次，检查点规划按照特定时间表进行，而不是普通的基于日期的规划。在基于日期的规划中，项目预算和评估都以预定日期为基础，而不考虑增长计划的关键进展。

检查点规划符合将风险投资视为选项的理念。如果因为项目确实不可行而忍痛放弃，比起针对更昂贵的检查点孤注一掷，其损失要小些。将检查点由注重少花费转向项目规划早期，推迟需要重大投资的检查点，尽早调整行动方向，这样你往往可以节约大量的不必要支出。在"确定成本少、风险低的检查点"中，我们举出一个实例，即空气化工产品公司进行发现导向型规划的经验，说明公司如何才能确定低风险和低成本的检查点。

确定成本少、风险低的检查点

我们曾经参与规划一个增长项目，该项目包括一项公司提案：在中国大陆建立工厂，为工业客户提供高质量的产品。规划中有两个关键假设，即中国公司也重视质量，而客户公司会支付与美国公司相近的价格。

我们建议，公司应确定一个检验定价假设的检查点。这样，在公司实际提供产品之前，我们针对潜在客户进行模拟销售。而后，我们发现，我们的定价假设完全错误。我们所针对的大部分中国公司只对保证质量的低价产品感兴趣。根据这项假设的成本结构，客户将永远无法获取利润。

公司决定调整项目方向。它发现，很多本地生产厂商都在销售低成本、质量差的商业产品。于是公司没有建立包含所有工序的设施完备的工厂，而是以较少成本建立工厂，购买本地产品并提高其质量，向少数对质量更为敏感的客户进行销售。这项投资为公司带来了令人满意的增长率和利润率。更重要的是，公司因此建立了客户信誉，成为中国市场上信誉良好的优质生产厂商。

投资项目组有两位成员，一位是某部门负责人，他计划引进一款新产品；另一位是皮尔兰托兹，上一任新业务开发总监。他们曾经合作处理一项投资，此时部门负责人提议进行技术验证，作为第一项里程碑。如果技术并不可行，公司就不会对此投资。而皮尔兰托兹建议进行快速而耗资较少的初步市场需求调查，如果市场需求不存在，多好的技术都没用。

皮尔兰托兹赢了。通过市场评估得知，客户面临的实际困难需要不同的技术方案来解决。通过市场研究结果，我们了解到，如果首先进行技术验证，公司很有可能必须再次进行同样的验证，这样就会付出双倍的成本。在这种情况下，投资方向就在初期从一种客户方案转向另一种方案。

确定检查点

利用我们在整本书中所采用的逆向思考方式，你可以拟定检查点清单。首先，思考稳定状态下的成熟计划。接下来，你要预知在稳定状态下必然发生的所有重大事件。即便这些事件并不是由你决定的（如竞争反应和顾客反馈），你也要考虑哪些事情可能发生。表6—1可以激发你的灵感，请将自己的检查点添加到具体项目中。

业务类型不同，对业务造成具体影响的检查点也会有所不同。在表 6—1 中，我们将通常用于新型制造业相关业务的典型检查点与用在服务业务中的典型检查点进行了对比。

表 6—1　　　　　　　　　　　　典型的检查点事项

制造类项目	服务类项目
市场研究	市场研究
行业分析	行业分析
可行性研究	可行性研究
原型开发	模拟系统开发
目标客户群体初步检验	目标客户群体初步检验
人力资源研究	人力资源研究
市场调研：组合分析	市场调研：组合分析
试用者试验	试用者试验
目标群体与试用者讨论	试用者试验
试点工厂	试点系统开发
试点营销活动	试点营销活动
工厂设计及网站收购	经营测试系统开发
试点销售人员招聘与培训	试点销售人员招聘与培训
启动工厂 1 号线建设	试用者进行系统检验
生产工人招聘与培训	经营人员招聘与培训
投产	客服人员招聘与培训
销售人员招聘与培训	销售人员招聘与培训
产品上市	服务产品上市
全面启动工厂建设	全面启动系统

同以往一样，你尽量不要纠缠于此。在项目早期，5~10 个检查点就足够了。随着成本和投资的增加，你可能需要增加更多的检查点，但是也要尽量控制在 20 个以下。记住，随着项目的发展，

你很可能必须调整项目方向，甚至需要重新规划。因此，如果太过
关注远期的检查点，既会造成精力的浪费，也会阻碍计划的重新制
定。你应当随着项目的开展，逐渐添加更多的检查点。早期的检查
点只在初期对项目产生影响。

初始检查点／假设图

在这一规划步骤，我们开始对整个事件加以整合。再看看第 5
章中的假设清单，你就可以将假设和检查点联系起来，并建立表格，
以便确定需要从哪项检查点检验哪项假设。记住，对很多假设来说，
尤其是最关键的假设，可能不止经历一次检验。我们会在图表中，
将假设列于左边、主要检查点列在上方，见表 6—2。注意，对于即
将被检验的特定里程碑假设，我们已经用复核记号加以标注。

表 6—2　　　　　　　典型的检查点事项

假设	检查点						
	1	2	3	4	5	6	7
1	√	√					
2			√				
3	√			√	√		
4	√	√	√	√	√	√	√
5		√		√			

对于这张表格，还有一些事情需要注意。首先，有些假设（例
如假设 4）会经过多次检验，甚至在每项检查点都要检验。例如，
每次你都要检验定价与竞争行为等假设。其次，有些假设只需测试
一次或很少几次，这些假设通常可以用"是"或"不是"来回答，
或者仅需提供数据就可以得出结论的假设。记住，在项目规划中，

每项假设都必须对应相关的检查点。如果表中有空行，你需要运用发散思维，思考进行检验假设的检查点。同样，表中也不应该存在一列无法对假设进行实际检验的检查点，否则就无法确认假设的正确性。

对于假设的检验，如果没有常规事项，却存在着较多的不确定因素，一旦假设有误，公司就会损失惨重，那么你就有必要自创一些检查点。例如，在软件行业，检验用户对于界面的反映时，如果先为用户提供功能很少的界面原型，比起提供完善的软件方案，资金损耗就会少些，时间也会早些。如果你可以为别人提供可用的设备，即便该设备无法完全运作，但比起只是进行语言描述，你也能较早地获得更多相关反馈。通过模拟环境，你可以了解很多，却不必担心出现意外情况。目前，在原型开发和市场检验方面，用虚拟世界检验潜在客户的反应比较有趣，例如在线游戏"第二生命"。

当你开展实际规划程序时，你会发现，你可以将检查点和假设之间的联系更方便地填入表格，如表6—3所示。注意，你已经将检查点尽可能按次序排列，这样可以先进行花费较少的检验，之后再进行花费较大的检验。

表6—3 工作检查点及假设列表

检查点序号	检查点事项	检验的假设	成本
1	市场研究	1，2，3，5等	3 000美元
2	行业分析	8，9等	1万美元
3	可行性研究	等等	2.5万美元
4	产品样本		6 000美元
5	目标群体研究		1.4万美元
6	广告研究		2.5万美元
7	人力资源研究		2.5万美元

续前表

检查点序号	检查点事项	检验的假设	成本
8	市场调研：组合分析		2.5 万美元
9	试用者试验		5 万美元
10	目标群体与试用者讨论		2.5 万美元
11	试点工厂		10 万美元
12	试点营销活动		8 万美元
13	工厂设计及网站收购		400 万美元
14	试点销售人员招聘与培训		7.5 万美元
15	启动工厂 1 号线建设		300 万美元
16	生产工人招聘与培训		20 万美元
17	投产		15 万美元
18	销售人员招聘与培训		25 万美元
19	产品上市		75 万美元
20	全面启动工厂建设		150 万美元

限制缺点

通过表 6—3，我们可以了解每项检查点的检验成本。这是发现导向型规划最有价值的方面之一。原因在于，你已经思考过检查点的检验成本，你非常了解自己在每个时间点的劣势所在。如果你对检查点进行了检验，而假设并未得到确认，你就没有必要以同样的方式继续进行下去。你可以终止、调整项目方向，或者改变当前工作，但你已经完全了解自己面临的情况。

在空气化工产品公司，我们的同行罗恩·皮尔兰托兹发现，如果他想要获得项目预算审批，而项目风险很大，不可能实际计算净现值，这就是一个有力的论据。当他与财务总监交谈时，他列出了希望检验的检查点，并使财务总监相信，公司面临的风险不会比检查点检验成本更大。公司财务部门也会认为，这样承担的风险要小于皮尔兰托兹为整个项目筹集资金的风险。新业务开发团队与财务团队也会因此保持一致，因为双方有着共同的期望。另外，评估也应密切配合业务的发展态势，而不是根据人工制定的评估审查时间表来进行。

项目组检查点审核会议

在检查点审核会议中，项目组将确定发现导向型规划原则。召开会议之前，负责重要假设的每个人都需要追溯并更新最近的信息。项目组应当检验输入的数据，而后更新发现导向型规划文档。检查点审核会议的目标在于，清晰了解哪些数据已知、哪些数据未知，以及项目组如何进入下一个步骤。

负责重要假设的人员需要参加这次会议，这一点至关重要。会议氛围也很重要。会议并不是为了证明你的假设是对是错，而是为了尽力得到更多有用的信息。因此，在会上，参会人员必须非常真诚地讨论，不要像很多传统项目审核会议一样存在陷阱。如果你发现假设有误，尽早改正错误，这实际上是好事。我们希望，你可以经常吝啬地想问题，在检验关键假设之后，以颇具想象力的方式实现投资最小化，并将耗资较大的投资承诺加以延迟。

在项目审核时，你会希望让参与者重新估计假设范围。我们在第 5 章中提到，假设范围应像项目组了解的一样准确。我们倾向于依次讨论这些假设，要求项目成员对任何他们觉得不合适的数字进行试验，提出备选数字，并说明提出这些数字的基本原则。项目组成员之间可以进行合理辩论，而后需要就设定每项变量的最高值、最低值及最可能取值的基本原则达成一致意见。

这一步骤的关键在于速度。不要对细节太过追究，因为在这一阶段，我们尚未确定哪项数字真的重要。我们的目标在于，尽快建立合理修正的业务模型，并经过项目成员的一致同意，用变量范围反映项目成员的不确定因素或者意见分歧。建立模型之后，你可以进行敏感性分析，从而可以确保错误后果在你承受的范围之内。

我们会系统安排检查点审核会议，进行评估总结并持续改善。你可以采用如下问题，指导讨论的进行：

1. 对于这项检查点，我们希望实现什么？

2. 实际发生了什么？

3. 为什么发生？

4. 我们学到了什么？特别是，在我们的规划中，需要更新哪些假设？

5. 对于我们的整体规划，这意味着什么？

- 如何处理正值投资净现值（见第2章）？
- 项目重心是否应当转变？
- 我们是否应当进行下一步骤？如果这样没有吸引力，我们是否应该转移目标市场？是否应当考虑拆分合资公司？能否建立更优秀的业务部门？
- 如果项目需要关闭，我们能从中挽回什么（见第7章）？
- 重新设定重要假设或者检查点，是否有必要？

6. 如果业务可行，计划进入下一步骤。

有时，设计耗资较大的相关检验，只是为了确保以后你不会因为更大的投资失误而后悔。日本知名的肥皂及化妆品公司——花王公司在深入掌握表面活性技术之后，决定制造软盘。花王公司认为，让用户接受印有花王名字的软盘，这一点至关重要。因此，花王公司找了一家软盘传统制造商进行外包，获得自有版权标签，并附上花王的名字。技术把关者接到花王的软盘，证实其产品质量过硬，从而将花王公司列为信得过的供应商，这就证明花王这一名字不会影响客户对产品的接受。

关于范围制定的程序，我们有一些重要发现。不管怎样，初始规划都是不正确的，整合初始规划的人员没有必要太过保守。重要的是，如何才能得到专家的判断和意见，使规划尽可能正确。依我们的经验，这项程序对获取知识尤其重要。如果参会者关注一项数字，他（她）就有责任说出理由，并提出一项备选数字。这样，项目组提出的专家意见就间接得以拓展，并集中在最适用之处。

如果我对于数字不了解，我会保持沉默，让别人去讨论，这样我会感觉舒服些（如果你没什么可说的，千万不要浪费时间去说！）。然而，如果一个人对某个假设说不出什么意见，这就意味着假设正确，可以为人所接受。而这也意味着，沉默的参会者同意了这项假设。他们放弃了反对这一假设的权利。

会议的关键，是让参会者权衡自己持有的最佳信息。我们不希望看到，过了 8 周才有人说："哦，我知道了。"这与发现导向型规划的精髓确实不一致。所以，如果你参加了检查点审核会议，你就有责任尽量深入思考和坦诚相待。

当我们完成这一步骤时，规划就是我们大家的，而不是一个人的，我们尽力做到最好。我们无法保证正确，更无法保证精确，只能保证尽力做到最好。

如果你负责主持会议，你要记住以下几点：

- 尽量从每个人口中得到反馈。
- 尽量依照日程安排。如果项目组没有明确询问，就不应该将假设项目进入下一阶段。

● 尽可能保证会议的简短。你不会希望，会议因为持续太长时间而让人们回避检查点审核。

● 不要过于纠缠细节，投资初期阶段尤为如此。如果针对根本无法确定的事情，进行毫无意义的详细规划，你的工作就会完全停滞。

在第 4 章中，我们介绍了汤姆·舒勒和杜邦公司建筑创新项目组，成功实现了每年 20% 的复合增长率，这在很多人看来都是很大的挑战。检查点会议、调整项目方向、项目终止，这些已经成为项目组运营的组成部分。实际上，舒勒的管理实践反映了发现导向型规划的很多重要准则：将确定的核心投资与选项进行区分；尽早否决项目，避免花费过多；不要害怕调整业务方向。他解释了传统方式与发现导向型方式的区别。

核心业务与新业务是否相同？肯定不同。找出其中的区别，也许就是我们目前最重要的工作。我们主要采用六西格玛方法确定核心业务的目标产品。如果你从营销角度运用六西格玛方法，你会获取客户意见，提出解决方案，试着运行方案，加以调整并迅速拓展。这是核心业务的优质营销。当我们进入目标市场，最好进行小成本的试验。如果成功，我们会加以拓展应用。如果失败，我们会很快否决。通过这一方法，我们可以深入了解陌生市场的情况。

确保准确停止项目

在第 3 章中，我们介绍了投资净现值概念。这一概念可以根据你对业务"利润曲线"的估计，利用规划数字算出一个大概的净现值：启动需要多长时间；在竞争加剧之前，你能有多长时间掌控利润；利润被竞争削弱的速度有多快。

我们可以用这些数字计算下一项检查点的可容许投资额，确定你为下一项检查点预计花费的最大金额。以下是详细内容：

首先，你要确定一项"目标系数"，即冒着项目在下一项检查点失误而蒙受损失的风险，你希望得到什么。对投资者来说，这一概念与"斩仓"类似，意味着如果某种证券价格降到特定值以下，经纪人应当出售该证券。理想情况下，目标系数是一项整个项目组都能接受的数字。

接着，在交付规范定义表格中，填入最近假设范围的最差值。换句话说，如果真的出错，会错到什么程度？

使用投资净现值计算工具，在假设的最差情况下，计算最低的净现值。在消毒产品项目案例中，净现值为 –6 300 万美元。

现在，计算投资净现值在最差情况下和期望情况下的差额。我们称之为"下行间距"。在消毒产品项目案例中，下行间距是 7 400 万美元（1 100 万美元 –[–6 300 万美元]）。

接下来，你需要标出包含下降风险的主要选项，以追寻上升机遇。这需要用本源净现值除以下行间距，得出"间距系数"。在消毒产品项目案例中，该系数是 0.15（1 100/7 400 万美元）。

最后，用投资净现值修正值乘以间距系数，就能算出检验下一项检查点的最大投资额。也就是检验下一项检查点你所承担的最大风险。在消毒产品项目案例中，这项数值是 165 万美元（1 100 万美元 ×0.15）。也就是说，检验下一项检查点的最大投资额为 165 万美元。

这就是目标系数的来源。目标系数的意思是，要检验下一项检查点，你会选定最大投资额的多大比例。目标系数的应用，可以尽量避免下降风险。在消毒产品项目案例中，管理者选定的目标系数是最大投资额的 10%，因此可容许投资额为 16.5 万美元（165 万美元的 10%）。也就是说，如果检验下一项检查点耗资 16.5 万美元，该目可能需要中止。

后续检查点进展

现在，我们来了解，随着项目的进行还会发生什么，以及假设转变的范围。再说消毒产品项目案例，在检验了第一批检查点、完成市场分析、重点工作组工作和现场测试之后，你已经缩小了发现导向型规划的范围，使得投资净现值经过修正达到 1 200 万美元，最差净现值经过更新达到 –300 万美元。

> 此时，下行间距是 1 500 万美元（1 200 万美元 –[–300 万美元]）。
>
> 间距系数是 0.80（1 200 万美元 /1 500 万美元）。
>
> 最大投资额为 960 万美元（0.8×1 200 万美元）。
>
> 应用目标系数 10%，得出检验下一项检查点的可容许投资额为 96 万美元（960 万美元的 10%）。

要记住，你的目标是使投资的上升趋势最大化，同时限制下降趋势。采用这项可容许数据，我们可以确保下降潜力（最差情况下的净现值）越大，进入下一步所允许耗费的成本就越少，因为间距增大后，间距系数会降低。另一方面，预期上升趋势越大，修正后的投资净现值越高，间距系数也会越高，项目灵活性也就越大。

可容许投资规则迫使你提出低成本检查点以尽早验证假设，但同时也使得你通过想象，而不是耗资追寻潜力大的项目。这一决策原则，可以确保你一直将最佳机遇当做追求目标。

重申一下，你应该避免太过精确。投资净现值运算非常适用，尤其是在项目早期。你也不应该为放弃大项目而苦恼，也许会有其他更好的机遇。

对于每项检查点，我们都会沿用三项决策规则：

修正后的投资净现值会不会总是"高于"耗用资源和人才的其他备选项目？如果净现值仍高于竞争项目，该项目应继续依照修正后的发现导向型规划进行。否则，你应考虑停止或暂停该项目，资源应当用于效益更好的项目。

如果修正后的投资净现值"等于或优于"上一项检查点的净现值，而且高于备选项目的净现值，很明显，该项目应该继续。不过，项目组还需要了解，如果调整项目方向，能否强化新兴机遇（或许通过加快项目、进行合资或联盟，从而加快技术进步或市场开拓）。

如果修正后的投资净现值"小于"上一项检查点的净现值，检验下一项检查点的估计投资额是否低于可容许投资额？如果答案是否定的，你需要考虑停止项目，或者用较低的成本检验下一项检查点。

如果你检验下一项检查点的成本高于可容许投资额，项目组就有责任不再运营该项目。

较复杂的分析

对于检查点审核会议，或许你还希望加入更为复杂的分析，这些分析方式我们在第 5 章中已经提到过。这就往往可以使你提出新的见解。例如，随着投资的进行，规划范围得以缩小。也就是说，你应该可以更加放心地预测。如果这件事没有发生，你就不是在学习，就不能达成发现导向型规划的目标，因此你要问，为什么该项目不应该调整方向或者中断。

同样，通过验证对损益表底线影响最大的假设而调整规划方向，此后，阶梯图中最重要的变量将会减轻它对项目的影响。

≫ 建立检查点及假设列表 ≪

通过以下步骤，你可以进行这项程序。

1. 建立关键检查点清单（开始时请不要多于 20 项），列出在投资过程中你所认为的关键发展点，排在检查点及假设列表表头（见表 6—2）。

2. 建立关键假设清单。对于每项假设，你都要标注出可能获得新信息的检查点。对特定假设而言，可能有很多相关检查点。如果某项假设会经过检查点审核，则对这项假设注明检查标志。

对于重要的假设，你应设定很多检查点。最初可能不够精确，但随着规划的实施，检查范围会越来越小。可能你还必须设计一项检查点，对敏感度最大的假设加以验证，包括对这些重要假设而言不合格的检查点。

3. 认真检查表格是否留有空行。如果一些假设并没有相应的检查点，你就需要建立或增加一项检查点。如果一些检查点不能检验对应的假设，就是浪费学习机会。

4. 评估实现检查点的成本。对于主要假设的验证，有没有耗资较少的检查点？尽早实施这些检查点。有没有存在风险、无法复原、耗资巨大的检查点？尽量不要检验这些检查点。

5. 与项目组一起，确定项目规划如何检验下一项检查点、耗资多大。如果实施下一项检查点的成本大于最低投资额，你就需要找到耗资更少的方法。例如，如果需要资源，可能需要涉及现有管理结构。

6. 检查点检验结束后，项目组需要举行一次检查点审核会议。根据会议成果，你需要对整个投资进行回溯并根据关键进展及时更新。

7. 修正发现导向型规划。为检验下一项检查点制定规划。

目前，我们将以消毒产品项目投资为例，向你展示如何应用这些工具。

消毒产品项目案例

经过分析和讨论，你就可以建立完整的检查点及假设列表，深入思考这些假设何时得以验证，以及如何避免验证耗资最大或者最为僵化的假设。消毒产品项目的检查点与假设组合如表 6—3 所示，并在表 6—4 中加以充实。

表 6—4　　　　　　　消毒产品项目检查点及假设列表

检查点 序号	检查点 事项	检验的 假设	成本
1	市场研究	全部	3 000 美元

续前表

检查点 序号	检查点 事项	检验的 假设	成本
2	行业分析	全部	1 万美元
3	可行性研究	全部	2.5 万美元
4	产品样本	1, 3, 4, 5	6 000 美元
5	目标群体研究	1, 3, 4	1.4 万美元
6	广告研究	2	2.5 万美元
7	人力资源研究	7, 8, 12, 13, 14	2.5 万美元
8	市场调研：组合分析	1, 3	2.5 万美元
9	试用者试验	1, 2, 3, 4, 5	5 万美元
10	目标群体与试用者讨论	1, 3, 4	2.5 万美元
11	试点工厂	9, 10, 11, 15, 16, 17	10 万美元
12	试点营销活动	1, 3, 4, 6, 7, 8, 17	8 万美元
13	工厂设计及网站收购	18, 20	200 万美元
14	试点销售人员招聘与培训	1, 4, 5, 6	7.5 万美元
15	启动工厂 1 号线建设	9, 10, 11, 20	275 万美元
16	生产工人招聘与培训	12, 13, 14, 15, 16, 17	10 万美元
17	投产	9, 11, 12, 15, 16, 17, 18, 20	15 万美元
18	销售人员招聘与培训	1, 3, 4, 5, 6, 7, 8	25 万美元
19	产品上市	全部	75 万美元
20	全面启动工厂建设	全部	400 万美元

审核会议结束后

通过审核会议得到的创意，全都不要浪费。这时需要修正规划文档，获得主要结论，并确保所有人都清楚地了解下一步的规划，了解当项目团队检验下一项检查点时，由谁负责哪项假设。如果你继续进行投资，你要先了解自己需要做什么，才能检验下一项检查点。

假设出现了最坏的情况，审核过程得到的必要结论将对计划毫无意义，就只能停止项目。在下一章中，我们将讨论这种情况的可能性，以及你将如何掌握停止项目的重要步骤。

行动步骤

　　1. 与项目组一起，列出对投资最重要的检查点。估计实现每项检查点的成本。

　　2. 建立检查点及假设列表，指出哪项假设将会通过哪项检查点检验。

　　3. 对假设添加范围。

　　4. 计算投资净现值及最差情况下的净现值。

　　5. 如果你愿意，你可以使用阶梯软件，建立整个规划对特定假设变量的敏感度模型。这将影响你建立早期检查点或对其排序的决策。

　　6. 与项目组一起决定检查点的优先次序。先进行耗资较小或者在最大程度上降低项目不确定性的检查点，而后再进行耗资最大或者会导致项目灵活性产生重大损失的检查点。确保负责各项关键假设的人员都能牢记，自己承担着进行记录和观察后续事件的责任。

　　7. 对于每一项检查点，你都要计算最低投资额，召开检查点审核会议。会议召开之前，要更新检查点，并对规划重新进行运作。在会上，你要讨论自己了解到的知识，采用上述格式确定下一步的工作计划。

8. 如果确定项目可以通过当前模式或者重定向模式继续进行，你就要继续进行假设验证和检查点审核。

9. 如果你断定项目无法继续进行，请翻开下一章节，了解终止项目所要注意的事项。

第7章
终止项目，零成本退出

在对增长组合开发每项发现导向型规划时，你需要记住一点，即使有良好的规划和严格的原则，你的很多项目，尤其是风险项目，也不一定会成功。通过建立增长计划组合，你会发现，很可惜，其中大部分都无法实现大幅增长。实际上，研究认为，在3 000项原始创意中，只有一项会实现业务成功。

很少成功，并不是很糟糕。如果可以保持较低的失败成本，你就可以承受很多次失败。我们在第6章中指出，你需要通过对项目进行拆分与整合，考虑是否要调整项目方向。

然而，调整方向可能也不起作用，导致你不得不结束项目而不能让项目继续耗用组织资源，你需要忍痛割爱，关闭项目。这一步骤，我们称之为"裁剪"，就像一棵果树，如果减去大部分干枯、

低产和浪费资源的树枝，就能结出更多的果实。因此，一项业务若
要实现增长，就需要减去效益不佳却耗费资源的项目，目的在于释
放直接用于非生产性活动、导致出现困境的资源，并将这些资源用
于具有更高优先级和更大吸引力的机遇。在追求创新发展的过程
中，裁剪是最艰难却非常重要的任务。这些项目的继续进行，具有
一定的诱惑力——随着项目投入的时间、能力和资源越来越多，诱
惑也越来越大。遗憾的是，陷入风险投资者所说的"活死"项目
之后，即使项目人员再优秀，组织还是无法扭转局面。

不是所有项目都需要终止。但当项目终止时，你可以对照布局
图中的方框，了解项目终止与发现导向型增长模式如何匹配。

≫ 项目终止的系统化步骤 ≪

项目终止其实是发现导向型计划的下行阶段，应依照系统化的
方式进行。

第一步：找出支撑项目组进行项目的原因。你需要理解，项目
组成员承诺的项目继续是否现实，他们的坚持是不是基于很自然但
不实用的心理原因。如果是心理原因，制订一项计划，帮助他们将
感情从项目终止决策中剔除，尽量减少项目终止给个人与组织造成
的负面影响。

记住，这项计划不一定要实施，所以就不必担心失败的问题。
如果你根本不想开始，怎么会失败呢？因此，我们更喜欢讨论项目
终止，而不是不能实行甚至失望。就像聪明的军事领袖会因为小规
模战斗而鸣金收兵，而不是完全溃败后才停止战斗。

第二步：制订项目终止计划，包括利益相关者对项目终止消极后果的处理方式，还要分析你已经了解到什么事项、创造了什么机会。有时，需要对增长计划某些方面进行弥补，并将这些方面转入其他有利可图的领域，这将会带来巨大价值。

第三步：对于危害控制和终止机遇确定的责任进行系统分配。

追加项目承诺

"追加项目承诺"，就是说，即使有很多证据证明项目面临困境，项目人员和组织还是一直对偏离预期轨道的项目追加投资。贝瑞·史托（Barry Staw）及其同事深入研究了大型公共项目（86 博览会）和重大私人项目（肖勒姆 [Shoreham] 核电厂）中存在的这一现象。追加项目承诺，通常只是出于好心。研究人员确定了导致项目失败的三个主要问题：心理问题，即项目组成员认为应将项目进行到底；合理化问题，即项目组成员认为成功指日可待；社会问题，即项目组成员为了兑现彼此以及自己向外界人士作出的承诺，不愿放弃项目。

我们在第 6 章中提出了起点检验。如果项目未能通过或者勉强通过检验，你就需要认真思考，项目组会不会因问题日益严重而受损。要实现这一目的，问卷测试方法非常简便，见表 7—1。你可以要求每位项目成员匿名提交问卷，让每位人员在每项问题对应的"是"或"否"列打钩。当然，你还可以将问卷放在网站上，并对用户提交的答案加以整理。检验项目承诺追加，这种方式非常简单。如果你对三个或者三个以上问题选出"是"，项目组就有追加承诺的风险。

每一项问题都能解释，为什么过去一些非常聪明、事业成功的人员，都会自觉不自觉地对于本应停止的项目继续投入才智与资源（记住，多数情况下都会这样）。如果项目进展完全偏离预期，我们建议你向项目组成员开诚布公地解释，项目组根本无法抵御这些无形的压力。如果这些压力严重影响了人们的正确判断，你就有的受了。

表 7—1   项目组是否有追加承诺的风险

以下语句有没有反映项目组多数人员此时的感觉？	是	否
如果停止项目，我觉得我们会失去其他人的尊重，因为没有人会尊重失败者。		
现在放弃就是承认自己弱小。		
项目停止，会对我的工作、奖金、涨工资、升职、当前职位有消极影响。		
关于该项目，我们已经向公众作出承诺。		
这会损害我们的光荣历史。		
我们以前有过不错的成果，现在停止项目太过草率。		
如果成功，我们就会获得一大笔收益。		
我们快到转折点了，现在停止会很遗憾，因为我们离成功如此之近。		
我们已经花了大量时间和金钱，如果现在停止，那些时间和金钱就浪费了。		
现在停止项目的花费，将比完成项目的花费更大。		
如果现在结束项目，我们不会得到任何回报。		
业务部门要求我们成功。		
有些巴不得我们失败的人，会幸灾乐祸。		
该项目关系到很多人的成败。		
很多人为了参与该项目而放弃了平静而安全的职位。		
对于盼望项目成功的外界人士——投资者、供应商、经销商、客户，我们已经做出了承诺。		
对于内部人士——董事会、高层管理者、其他部门、员工，我们也承诺继续实施项目。		

续前表

以下语句有没有反映项目组多数人员此时的感觉？	是	否
项目的成功，关系到公司对于银行和投资分析家的信誉。		
项目的成功，关系到公司对于本地区、本国或国外政府机构的信誉。		

如果你真的决定停止项目，表 7—1 中的事项很有可能导致项目组进退两难。如果你了解全面，你就可以指出如何将各项事物带来的痛苦降至能够承受的范围之内。例如，假设因项目停止导致公司信誉受损，技术人员因此而垂头丧气。对于项目中开发的、即使项目失败仍可提高业绩的一些重大技术成就，你能否确定并加以公布？整个项目停止规划中，应包括对这些事项进行处理的计划。

》》 项目停止的规划 《《

如果创造行动效果不佳，实际上导致失败，项目创意就会丧失大量的潜在价值。人们就会忽略在增长计划中了解到的优点，例如，新近掌握的知识、技术和资产，或者人员技能及其他技能的提高。如果你决定停止项目，就要制订一份项目停止的规划。与用来建立增长计划的业务规划相比，项目停止规划也同样重要。然而，可能因为不愿接受失败，人们往往不重视在表格中填入数值，这样留下的痛苦也会更多。

项目停止规划文件篇幅不应过长，最多 5 页，但却需要经过投资项目组和高层管理者的精心设计和深入考虑。项目停止规划正式指出，建立对项目停止所引起的任何消极后果的控制，和最大限度的从中获取知识、发现机遇。

如果无法完成项目停止规划，公司就会错失重大机遇，无法根据已知信息获取重大收益。在我们分析过的一个银行项目中，当公司由于其他方面的问题，难以继续开发新业务时，管理层就停止了该项目。实际上，接下来项目经理就"关灯、关门"了。高层管理人员从来不会了解，也没有任何人告诉高层管理人员，该项目留下了一项突破性技术。这项技术采用信号压缩方式可以对大量数据进行转换，比现行技术至少提前了 7 年。6 年后，互联网投入商业应用。而今，在很多高速发展的公司，数据高速处理对其业务模型至关重要。一旦许可了（他人）的技术使用，公司就会损失巨大利润，除非银行中有人赔偿。

损失控制

项目停止，首先面对的挑战在于损失控制。表 7—2 提供了对项目停止引起的损失进行控制的系统思考方式。在第一列列出因项目停止而失望的所有利益相关者。第二列确定了失望者未能达成的愿望。注意：项目组可能会做出错误的假设，认为利益相关者的失望非常明确。所以，在尽力弥补损失之前，你一定要对这些失望加以核实！第三列列出了弥补失望的方法，包括告知利益相关者其期望无法满足，表示歉意，做出正式赔偿。第四列确定了相关负责人，确保特定的利益相关者就失望结果达成一致意见。最后一列"结果"列举了一些事项，证实失望者接受了一致意见。最后一列非常重要，因为人们往往不愿勉为其难地接受损失控制任务，并需要了解，无论这对各方来说多难，只有各方达成一致，损失才能得到控制。

表 7—2 　　　　　　　为希望破灭的利益相关者制定损失控制计划

利益相关者	利益相关者的期望	弥补失望的行动步骤	项目组由谁负责弥补损失	结果

优势利用

项目停止面临的第二项挑战，是从经验中获得优势。项目停止计划的积极意义，包括两个方面，首先是初始行动审核，项目组根据项目经验获得的最多知识。将发现导向型规划的很多假设转化为知识，会产生重要的知识和有价值的新见解。项目组需要将假设转换作为明确和记录新知识的一种方式。你可以根据每项主要议题（我们在表 7—3 列出的备选议题），记录初始假设、假设原因、此后学到的知识以及产生了什么样的新认知。

表 7—3 　　　　　　　　　　　项目认知

学习主题	初始假设依据	关键知识及原因	新认知
产品			
客户			
渠道			
技术			
人员			
程序			
利益相关者			

　　通过项目认知表格，我们可以制定最后及最重要的文件，并进行项目停止机遇审核。通过这项审核，我们可以确定终止项目可能带来的机遇（见表7—4）。在审核中，对于根据现有知识开发新产品，项目组可以尽情施展创造力。我们需要评估，即使项目组决定停止项目，哪些机遇仍然可行。这样，我们就可以尽力挽回项目投入的精力和资金，并弥补可能因项目失利而受损的士气。如果项目组成员在结束项目时，可以认识到只是一个项目而非一批项目没有成功，你就可以重建任何失去的士气和信心。以下分析还可以帮你获得大量的经济效益：1985年，麦迪奎（Maidique）和基尔格（Zirger）对主要的产品创新成果样本进行了纵向研究，了解到公司从项目惨败中成功获得的知识。其中包括，福特公司从埃德塞尔（Edsel）的惨败中获得的知识，使得雷鸟和野马创新成功；由于Stretch电脑项目失败，IBM公司开发了360系统。

表 7—4　　　　　　　　　　项目停止机遇审核

	候选方	认知或成果	关键人员
知识转换带来的机遇			
对其他部门来说			
对其他产品来说			
对其他市场来说			
在改善经营程序方面			
对客户来说			
对经销商来说			
对供应商来说			
对合作伙伴来说			
商业机会			
合并			

续前表

	候选方	认知或成果	关键人员
拆分			
许可			
知识产权转让			
合资公司			
其他			

在表7—4中，第一列列出了因项目停止而产生新认知的很多方法。项目组应当尽量填上更多的内容。第二列确定了具体应用的候选方法。第三列确定了可供应用的认知和成果，这种信息往往由表7—3得出。最后一列指定了负责机遇宣传的关键人员。

让我们看一下，如何实际停止项目。

》 如何停止项目 《

我们可以举出一个真实案例，解释如何终止项目。这一项目称为调光薄膜项目，项目预期使母公司——化学集团公司进入全新的材料领域。

通过这项案例，你可以大致了解如何停止项目，同时保护公司及人员的相关机密。因此，很多技术和市场数据专门设定为模糊数据。

调光薄膜，是一种覆盖着透明或者反射面的薄膜，用户可以调整薄膜表面的反射率。潜在市场主要是建筑、工厂、汽车与其他运输车辆，以及广告牌、显示墙等各类招牌。

使调光薄膜业务获得所需的、长期可行的市场规模，增长率和定价，化学集团公司员工对这项业务很不确定。在技术上，公司也无法确定，如何才能达到涂层薄膜产品的质量和性能标准。对于这种薄膜，公司还需要更深入地了解，其他新兴技术如能与调光薄膜满足相同的需求，其潜在竞争力有多大。

调光薄膜的主要特点在于，用户可以使用电磁开关、光源和反射光改变薄膜表面反射率。通过这项技术，化学集团公司就可以开发高性能材料，从而进入新型市场。而其他同类产品都需要做物理上的变化，缓慢而复杂，耗资巨大。

化学集团公司似乎最先进入市场，获得许可的竞争者并未实际制造出业务上的可行产品。更可喜的是，一些客户还准备对少数公司迅速设定规则，假设调光薄膜产品可以满足基本的性能标准。项目的主要风险在于，公司无法确定市场增长率与整体规模，以及生产成本能否降低。同时，公司还不清楚产品在覆膜之后的透明度。为了满足初始潜在客户的期望，在满足成本目标的同时，项目组还必须指出如何显著提高产品的质量和性能。

项目初步计划

调光薄膜项目始于 2004 年，发起人是企业发展办公室，这是在化学集团公司负责初步投资的部门。技术总监与化学集团公司乳剂事业部的营销部门从公司外部得到了此项技术的许可。

初期技术和市场工作完成之后，技术许可得到了保护。在调光薄膜项目负责人卡拉·卡米尔（Kara Camile）的指导下，调光薄膜项目转交给核心业务团队之一——化工事业部。卡米尔隶属筹划指导委员会，该委员会由化工事业部经理、技术总监、营销总监组成，每个季度都会审核化学集团公司投资组合中的所有项目。

筹划指导委员会主要负责批准。在每个季度会议上，委员会成员会提出问题，了解计划进展，并提出可行建议，并批准下一项检查点所需资源。

构建项目架构

卡米尔很明白，作为业内高手，化学集团公司需要大规模的市场和至少 500 万的利润。尽管最初相关客户愿意对涂层薄膜支付高价，卡米尔仍然认为，产品价格必须迅速降至每磅薄膜 10 美元，才能达到足以使化学集团公司实现增长计划的市场规模。卡米尔与其项目组构建的初始架构，如表 7—5 所示。

表 7—5　　　　　　　　　　调光薄膜项目的初始架构

假设规范	
所需利润	500 万美元
所需利润率	20%
所需收入	2 500 000 美元
产品业务单元	磅
每磅产品预期定价	10 美元
所需产品数量	250 万磅
应用业务单元	平方英尺
薄膜厚度（英寸）	0.001
薄膜密度（每立方英尺重量）	100 磅
所需产品面积（平方英尺）	3 亿
最大市场份额	10%
所需市场规模最小值（平方英尺）	30 亿

你可以看到，该项目在市场规模方面经受着相当大的挑战。该材料售价仅为每磅 10 美元，假设薄膜厚度为 1/1000 英寸，化学集团公司如果要实现 500 万的利润，卡米尔就必须每年销售 3 亿平方英尺的这种薄膜。

假设在反射控制薄膜市场，调光薄膜最多能占据 10% 的份额，那么整个市场至少是 30 亿平方英尺。很明显，公司必须发展全球业务。然而起初，卡米尔估计，如果公司可以降低生产成本，完成市场渗透，项目最终可以实现 750 万美元的投资净现值。她决定先对薄膜生产、质量及成本的假设进行验证。

在 2004 年 9 月召开的一次会议上，筹划指导委员会批准卡米尔继续实施方案。根据检查点原则，委员会批准卡米尔将必要资源用于实施第一项检查点。委员会同意，当原型模式的初始目标客户验证通过了调光薄膜样本，这项检查点就可以进行。

项目过程

2004 年 10 月 1 日至 2005 年 4 月 1 日，技术组制作出经改良的涂层，该涂层确实提高了薄膜质量。技术人员与营销部门就新材料进行了有关关键用户的 β 测试。项目组假设，调光薄膜的涂层，具备使项目组相信的、足以满足客户需求的较高性能。然而一旦有实际样本面世，客户反馈就会冲击此项假设。产品原型的有效性虽然推动了商议的进行，然而商议的结果却对调光薄膜不利。客户要求的产品的最低可靠性水平确实较高，而目前卡米尔项目组尚不能达到这一水平。卡米尔总结出，如果项目无法达到这一水平，她就没有把握实现预计的产品销售量。卡米尔得到授权，提高化学产品公司的整体利润，或者至少使利润与新业务相一致，她并未选择降低定价以实现所需市场规模。

这样，项目主要面临技术方面的挑战。需要指出如何满足客户需求，并使得产品定价符合客户预期。技术人员希望，公司可以提供更高预算、更多人员、更多时间来生产所需的低成本涂层。卡米尔及其技术、市场团队在发现导向型规划中制订了逆向损益表，该规划整合了技术团队根据薄膜众多成分（生产、涂层）所做的复杂而数量众多的假设。项目组通过完成发现导向型措施，深入了解了产品性能、弱点以及满足客户预期所需的改善。

根据投资净现值以及发现导向型规划中的最新产品成本数据，卡米尔决定，此时仍需投入一定的资金用于提高技术和开拓市场。2005 年 7 月，第 2 次检查点会议召开，这项检查点侧重于技术方面。问题是：在保证质量和可靠性的基础上，公司还能不能将生产成本降至客户所需的水平？

项目停止决策

第二次检查点会议于 2005 年 7 月 1 日召开。在检查点之前对假设进行确认和更新，会议获得了新的认识，据此对规划进行修正，降低了一些重要指数，包括需求增长率、需求增长期限、产品应用形式、产品潜在二级市场以及达到关键销售额的时限。假设经过修改，提高了成本，不确定未来的市场增长率，会使投资净现值大大降低，投资额起点降低，抑制了任何有意义的技术进步。

项目组认识到自己无法最大程度地降低成本，以满足大批量应用的市场定价的需求。采用现有规格的技术，项目组也无法实现关键的性能标准。尽管很失望，双方还是通过协商，制定了停止调光薄膜项目的决策。目前，项目组还需要系统地制订停止项目计划。

卡米尔首先审核了损失控制的需求，并对此拟定了行动步骤。通过表7—6，我们可以了解卡米尔的损失控制规划（删去了"由谁弥补"一列）。

表7—6　针对调光薄膜项目，可以弥补利益相关者失望的损失控制规划

利益相关者	利益相关者的期望	弥补失望的行动步骤	结果
内部开发者	渴望成功，个人挫败感。	参与制订发现导向型规划表格和假设。	通过这项措施，实现一致意见，建议项目停止。然而只是这一个项目的失败，而不是很多项目的失败。
许可方	希望大公司获得许可之后，可以为许可方带来很多新业务。	对技术和客户方面的所有挑战进行开放式讨论。由于项目停止，这些挑战会引起发现导向型规划和选项评估的修改。	促使许可方更进一步了解，可以提高其他任何受许可方的技术及客户。
潜在客户	很多客户手上有订单，等待产品面市。	通过对性能最好的涂层薄膜样本进行检验，实现客户参与。	以私人身份接触每位潜在客户，并对其解释，如果继续实施项目，等到价格持续下降，势必会降低客户期望。

项目停止的积极作用

在2005年7月1日召开的会议上，化学集团公司项目组认识到，即便项目废止，他们也从项目中学到了很多。对于用户需求及目标市场的确定，项目组有了更加深入的了解。项目组还提高了控制项目进度的技能。随着新产品的发展，项目组与许可方和客户进行了更好的沟通，并了解了涂层以及其他许可方重视的涂层薄膜。企业发展办公室了解到了对于项目起始阶段进行评价的更好方式，并采用这一方式对项目进行更加频繁地修改。这样，卡米尔就采用了两组行动（见表 7—7 和表 7—8）。

表 7—7　　　　　　　　　　从调光薄膜项目中得出的认识

学习主题	初始假设	背景	新认知
产品	每项订单的产品使用率偏低，原因在于订单的潜在规模。	涂层薄膜很少用于最终产品表面。	对于有利可图的订单，你需要规模较大的市场，但这样的市场很少。
市场	在规模较大的市场，如果存在大客户，潜在利润就很可观。	市场如不可行，就不是合适的市场。	一些竞争激烈的客户所追求的保守客户利润率，意味着你的客户希望拥有全部价值。
技术	对于基础技术，我们可以授权他人；对于市场准备就绪的技术，我们自己开发。	利用市场准备就绪的技术，进入未知市场。	在技术许可之前，更深入地证实，技术的市场准备已就绪。并对目标市场加以了解。
人员	在我们实验室中，优秀技术人员可以制造出对客户来说高质量的产品。	实验室规模的生产，可以开发出对于适用于大客户的高质量产品。	更愿意寻找合作者，而不仅仅是在实验室里生产。
程序	发现导向型规划方式，"做了有好处"。	在制造新产品的同时，进入新的市场空间。	发现导向型规划方式，对于在正确时间做出正确而痛苦的选择至关重要。

表 7—8　　　　　　　　　　项目停止机遇审核

	候选方	认识或结果	关键人员
知识转换带来的内部机遇			
对技术许可来说	技术总监	对于市场就绪的技术进行许可，或者了解目标市场。如果涉及许可，则要了解市场状况。	调光薄膜技术经理

续前表

	候选方	认识或结果	关键人员
对业务开发来说	业务开发办公室	由于产品使用率低、订单有利可图，你需要规模巨大的市场和其他产品的利润。	卡米尔
对营销来说	事业部营销经理	一些竞争激烈的客户所追求的保守客户利润率，意味着你的客户希望拥有价值链中的所有利润。	调光薄膜营销经理
对技术研发来说	技术总监、市场总监	实验室规模的生产，可能无法开发出符合商业质量的样本，也就无法保全初始订单。	调光薄膜技术总监
对提高管理程序来说	战略规划及业务开发办公室	发现导向型规划指出，在正确时间做出正确而痛苦的选择至关重要。	卡米尔
外部机遇			
合并	化学集团公司项目	对于适用于另一个化学集团公司项目的供应链，从供应链中新的部分（薄膜）获取技术知识。	化学集团公司项目经理
回馈授权	许可方	新的调光薄膜知识的销售潜力。	化学集团公司授权人员
知识出售	其他受许可方	最终采用的咨询及研发服务。	化学集团公司技术部门

　　卡米尔的分析，为调光薄膜项目组评估项目停止机遇提供了依据（见表7—8）。正如你所看到的，尽管决定停止项目，机遇的审核还是为化学集团公司带来了很多利益，包括内部利益和外部利益。

故事结局

　　实际上，化学集团公司成效显著。公司的新兴投资团队根据自己的经验，掌握了在管理创新方面效果较好的工具，其中包括发现导向型规划模式。这些工具也被用在其他很多项目，其中有4个项目已经开始在陌生的市场为公司带来全新的收益。

在本章结尾，正因为你的做事习惯可能并不适用于传统规划方式，你还需要对项目停止程序加以改善。对于一组运营良好的投资计划，大多数计划最终都会以某种方式停止。这种经历不一定惨痛，也不一定像我们常常看到的那样，带来消极的组织结果。

行动步骤

1. 在进行主要检查点时，审核规划中的关键假设和财务指标。计算下一项检查点的投资起点。如果在进行下一项检查点时无法将成本降至投资起点以下，或者，如果无法逐渐证实成功所需的关键假设，你就要考虑停止项目。

2. 这样的话，你就要对项目组进行追加承诺的问卷调查（理想情况下，让每个人匿名填完这些问卷，并对收集来的问卷结果进行整合，这样你就可以得到实时数据）。一定要确保，人们可以抛却情感冲动，只针对项目以及继续实施项目的可行性因素。

3. 如果有证据证明项目承诺需要追加，而财务指标并未制订，就要先准备一份项目停止规划。

4. 准备一份损失控制规划，安排人员完成规划中的每项条款。

5. 审核项目的关键议题，确定并记录本次学习的关键见解。

6. 确定项目停止机遇（该机遇由项目引起，即使项目停止了仍然存在），准备进行项目停止机遇的审核。在审核中，你需要确定目标受益人，安排一位项目成员负责向受益人宣布相关利益。

7. 针对未能成功开展的项目，最好能以更令人鼓舞的方式投入精力。所以，尽力转向下一个发现导向型规划团队吧！

D ISCOVERY-DRIVEN GROWTH

第三部分　让发现导向型增长模式为你所用

　　在本书最后一部分，我们将专门针对传统方式向发现导向型定位方式的转变，处理相关的组织和应对领导力的挑战。在第9章中，我们将向你介绍很多轶事、故事，以及由很多公司在实施一些发现导向型增长措施时学到的知识。在第9章，我们将重新分析发现导向型增长模式对核心领导力的挑战。重申一下，当你进行这些工作时，这一理念既可以用于组织的战略层面，即建立清晰的业务架构，对增长计划加以组合，确定不同计划会带来什么成果，并列出成功标准；也可用于个别增长计划层面，即建立架构，确定交付物，记录假设，并设计检查点及假设列表。

第8章
运用发现导向型增长模式

我们将向你展示一些真实案例，阐述为什么有些公司决定采用发现导向型增长模式，并阐述其运用方式。通过这一章，你将了解一些公司采取的不同方式，以及从这些公司的经历中学到的知识。这些案例会帮助你整合适合自己的发现导向型增长模式，还可以帮你更加顺利地开展工作，并保持发现导向型思维模式。

发现导向型增长模式，正如布局图中所强调的，是一种可以影响公司层级领导力的程序。

什么让公司愿意采纳该模式

显而易见，在组织变革之前，必然存在一些原因导致变革出现。就发现导向型增长模式来说，有的人如果意识到企业当前实现增长或创新所使用的工具和方法存在问题，或是为成长方案的业绩不理想所困扰，往往就会推动公司采纳发现导向型增长模式。郭士纳正是这样的人，当时他委托一家组织，探寻更适合于在 IBM 公司管理增长项目的方法。

全新增长战略的需求越来越强烈

当公司决定通过发展新业务来关注增长时，就倾向于采用发现导向型增长模式。诺基亚公司是最早大规模采纳发现导向型规划的公司之一。最开始，当风险投资出现时，没人知道那些新兴的风险投资到底该如何规划，正如全新投资机构前任负责人所讲："1998 年夏，全新投资机构成立之际，我们开始行动了。那个时候，你提起'风险投资'，人们会认为它完全等于没有计划。"最初，诺基亚公司通过我们撰写的文章接触了发现导向型规划，随后它邀请我们参与一项课题研究，而这项课题促使这种方法成为其原型的重要组成部分。诺基亚公司最后得出结论："把程序结构化是非常有益的。"是什么吸引诺基亚公司尝试这种方法？前任负责人这样解释：

> 这种方式与我们在风险投资中采取的行动非常一致。风险投资存在很多不确定因素，而且很难提前规划。我们逐渐意

识到，我们并没有了解所有事物，也不必全都了解，或许这就是为什么我们会采纳这种方法。我们编写了《创业心智》(*The Entrepreneurial Mindset*)一书，这本书非常实用。通过这本书，我们可以很容易地将这些原则应用于程序。

2001年，空气化工产品公司新增了新业务开发职能，以便探索全新领域的发展机遇。新团队由皮尔兰托兹（我们之前提到过他）负责，它被赋予以下职责：

- 讨论并开发不同于当前业务发展战略的设想。
- 为新业务发展寻找机遇。
- 对新型技术平台进行股权投资。

皮尔兰托兹评估了当时为开发创意（包括有名的项目评估门径管理法）而沿用的措施，而后，他断定新团队需要一整套新的工具。

在瑞士再保险公司，所谓的领导学院促使该公司引入机遇组合。瑞士再保险公司在"9·11"事件中遭到重创，随后它收拢资金，优先发展核心业务。尽管如此，战略办公室负责人仍然希望进入新的增长领域。看到我们的机遇组合图，主管领导认为这个工具便于统筹安排公司尚未成熟的增长项目。在2004年初的一次研讨会上，领导学院向试点部门展示了投资机遇组合，受到热烈欢迎。而后，领导学院又向总裁展示了投资机会组合，并最终展示给执行委员会。执行委员会决定将机遇组合工具用于按月审核创新进程。

渴望得到新的创意的高层领导也会支持采纳增长战略。福尔蒂公司，欧洲大型金融服务集团，在被轻率并购、增长方案受到重创之前，也曾推行另一种自上而下的增长方式。福尔蒂集团董事长马里斯·里彭斯（Maurice Lippens）伯爵希望公司更具创业精神，他相信，对于从并购时继承的多种文化中创建共同的团队文化，风险投资团队非常重要。受加里·哈默尔（Gary Hamel's）"引入硅谷模式"理念的启发，里彭斯提议建立风险投资团队。前任公司人力资源总监弗兰斯·乌福尔（Frans do Wuffel），列举了很多这样做的原因：

> 福尔蒂公司进行风险投资的根本原因很多。首先，很明显，它是一种管理维系工具。公司不能承受流失过多的创业人才。在某种意义上，业务发展与管理提升如同一枚硬币的两面！其次，我们视之为一种组织学习工具，其目的在于提升自身内在能力以做好业务，跟上新风险投资的发展步伐。再次，士气问题也很重要，员工必须为自己为之奋斗的公司而自豪。最后，我们非常希望它能影响整个企业文化。

在福尔蒂公司创立多年后，风险投资团队已经制定出了很多计划，包括非常成功的游艇融资方案。

负责实现增长的新高层领导

高层管理者的变化，往往意味着公司有望对发现导向型规划感兴趣。在3M公司，詹姆斯·迈克纳尼（James McNerney）在2000年成为总裁后，多次强调提升效率和六西格玛。大约过了四年半，詹姆斯·迈克纳尼突然加入了波音公司。看到3M公司缺乏创造力、惧怕风险，继任者乔治·巴克利（George Buckley）忧心忡忡。乔治·巴克利开始要求员工做好承担更多风险的准备、变得更为勇敢、实现更快增长。我们的一位联系人引用了巴克利在困境中说过一句话："从来没有3M人躲不掉的风险！"巴克利根据目标投入资源，建立1亿美元的基金，推动新机遇的重新运营。

巴克利属下一名新任行政副总，承担了推动更多创新的挑战，他建立了 3 人小组，了解这一理念，而后就使用这一方法对 3M 公司员工进行培训。他们开发了一系列创新培训案例，走访 3M 公司的各个部门，以便推动这一概念的顺利起步。他们采用一种我们最喜欢的工具，对这一概念进行阐述：他们让参与者们为 3M 公司进入太空旅游业务模拟发现导向型规划！尽管有点冷门，这种活动仍然有助于阐述发现导向型规划概念，而不用描述现有计划的细节。

频临倒闭的经历

与健康公司努力实现更高业绩的情形不同，我们在 IBM 公司的同事却经历了公司濒临倒闭的折磨。我们在第 1 章提过，1993 年，郭士纳在 IBM 公司临危受命，他和他的管理团队花了 5~6 年时间，对 IBM 核心业务进行了重新定位，制定了正确的基本方针。

1999 年，IBM 公司领导层不再满足于核心业务的重新增长。此时，他们偶然看到一本很有用的书——《增长炼金术》（ The Alchemy of Growth ）。我们认为，这本由麦肯锡公司咨询师撰写的书具有广泛的影响力，原因在于，它为管理者提供了一种简单而实用的方式来思考增长。这本书将增长挑战分为三个层次：第一层，基本上就是我们所说的对核心业务的强化；第二层，我们认为是新的增长平台；第三层，我们认为是选项。但是，尽管 IBM 公司管理人员目前有能力思考第二和第三层，却很少支持这些领域的新兴增长计划。

我们的同事丹·麦克格兰斯（Dan McGrath）是一名战略计划员，他采用不同寻常的步骤，对第二和第三层发展不畅的 22 项案例进行了分析。根据这项分析，2000 年初，IBM 公司制订了新兴商业机会方案，解决了资源消耗、全面业务整合不够、激励不均衡等问题。但由于篇幅所限，我们无法完整阐述新兴商业机会方案。但它的出现促使人们渴望一种制定规划和预算的新方法，而此时 IBM 公司开始正式探寻发现导向型方式。

对现有方式的不满

有时，如果现有方式不太合适，采取发现导向型规划，将会大幅度地改变组织处理及批准项目的方式。无论何时，公司通过并购实现增长的过程都不会一帆风顺，事情都会变得不一样，这是非常普遍的现象。正如我们的一位客户所说，采取发现导向型规划的主要动力是，我们对于笨拙、不稳定的规划工具不满意。

> 历史上，每个人都使用不同的架构或方法来评价市场准入或新产品等，然而从来没有统一的架构。每当完成其中一项提案，高层管理者就开始头疼。他们不得不阅读提案，并对这些长达 20~30 页不等的企划案做出决策。他们通常会花几天时间阅读。高层管理者经常会盯着那些数据并把它们挑出来，甚至指着一个数据问："为什么这样说？"他们从未真正考虑过项目范围和整体计划。模板或者架构从未统一，往往过于宏观或者非常零散。利用发现导向型规划，你不仅能理解这些数据，还能理解市场动态。

另一家公司最大的遗憾是用计划取代了战略。这家公司善于制订详细的战略规划文档和预算，却很难明确表达战略重点。没有提及主要假设以及公司如何才能成功，尤其是在存在诸多未知的增长市场。正如一个受访者观察到的，事项要么过于含糊（如 5 年内我们要销售几百万），要么太过死板（如启动日期为 6 月 1 日，毫无疑问）。在这种情况下，采用发现导向型规划有如下优点：

> 我们可以用逆向损益表让人们思考"你怎么理解这项业务"？哪怕他们说"我们不知道"。我们仍然可以讨论这项业务。产品卖给谁？能卖 20 美分么？能否卖到 1 000 美元？如果人们对此说："哦，不"，他们就需要修改自己的假设。所以，我们必须冷静下来，先拟定架构让人们试探，但是仍然要把握住业务的关键点。它将帮助我们确定假设的承载。

用更积极的方式应对风险

公司采纳发现导向型规划，还在于它们渴望改变自己对待风险的方式。其主要目标是，通过更好的方式，应对所承担的风险。就像我们一位同事所观察到的那样：

> 运用之后，我得到的关键认识是，我们从高层管理者那里获得了假设清单所要求的相关条件。如果不按照规章办事的话，我们可能会得到更多的理解。对我来说，我真正体会到，风险并不只是我一个人的负资产。因此，只有让每个人都意识到风险并勇于承担风险，才能保证公平。从你们的工作中，我认识到，我的职责就是确保我能对假设加以跟踪和更新，尽力验证假设，从而兑现我的承诺。如果你与职位更高的人交谈，意义就会更大。从最根本上说，你要明白风险并不是你一个人的，这一点非常重要。如果你希望人们能勇敢，你就必须明白这一点。

我们主要学到了一点：发现导向型增长方式在被组织采纳之前，必须部分满足定义明确且十万火急的需求。这些需求通常是为了寻找维持增长的更好方法，但并未得到现有工具的有效支持。切记：如果是你的公司正在严阵以待的挽救核心业务，或者增长率并未达到议程规定的要求，公司就很难有动力采纳发现导向型增长模式。

>> 推动与运用 <<

一旦有人对发现导向型战略理念感兴趣，就有必要确定人选，来推动这一理念进一步被采纳。这个人可能是也可能不是最初被这一理念打动的人。但是我们发现，在组织中往往会有人带头，使他人相信这一理念意义重大。

确定推动人选

推动发现导向型规划的人选，需要在组织中位于不同的层次，能力和年龄也各不相同。在一些公司，如果安排一名经验丰富、德高望重的资深人士推动新业务的技术创新，将会取得很好的效果。技术含量高的公司往往会这样，这些公司明白谁会参与，而资深人士在构建人际关系网络方面也具备很大优势。同样是经验丰富的管理者，比如技术总监或者研发中心主任，也会从现有工作中推动理念的实施。在 IBM 公司，新兴商业机会的项目领导，往往是经验丰富的资深人士。

在其他一些公司，后起之秀们会发现，旁观者的身份将有助于工作的开展。首先，他们尚未涉及任何人的项目议程，比较客观。然而，我们也观察到，参加推动工作的新手必须获得公司掌权者的极力支持。例如，在瑞士再保险公司，概念的推动也发生了变化。最初提出这一理念的是瑞士再保险公司研究院的职员。战略办公室向执行委员会推荐了这项工具，并启动了分析工作。大约一年之后，这一步骤取得了一定的成功，成立了新产品开发团队接管机会组合工作，而公司也更为广泛地支持这项产品的开发工作。美国 ADP 公司雇用了一名新手，负责推动概念的实施，并通过最终被证实有利于现有业务领导执行管理团队规定的增长率方案，从而建立关系网络。

很显然，如果直接由高层推动，采用新的工作方式就会比较容易。在节能服务公司（第 1 章提到的分销公司），推动者就是公司新任总裁。由总裁或者其他职位中带"总"字的领导担任推动者，可以更容易地引起人们的关注。在 ADP 公司，总裁和财务总监是发现导向型规划的主要推动者。

通常，概念的推动者也在某些方面负责完成公司增长任务。要么负责战略层面，要么在增长导向领域（例如研发部门）负责操作层面。我们以前提到过，在 3M 公司，总裁想要更加冒险，但却由行政副总负责推动完成这项工作的特定工具。同样，在诺基亚公司，总裁建立并极力支持全新的投资机构，但实际使用的工具以及接下来的步骤都是全新投资机构的领导层选择的。

还有另外一种模式，就是由一些职员而不是业务管理者来实现推动。例如，在 IBM 公司，新兴商业机会的概念以及接下来的业务管理工作都不通过公司战略办公室，他们通过对一系列所谓的"战略学习论坛"的学习干预活动来强化这项工作。实际上新兴的商业机会项目由资深人士负责实施，他们从常规业务中抽身出来，将注意力都放在项目上。我们之前提过，在瑞士再保险公司，最初的推动者来自于行政发展领域。

我们与发现导向型增长模式推动人员的合作表明，他们的成功是由于如下活动在一定程度上发挥了功效：

● 根据组织中的具体环境，深刻体会如何使这一方法引起大家的共鸣；

● 同事之间互相扶持；

● 在公司内部，与其他可以从意见采纳中获益的人建立沟通网络；

● 用公司专用的语言，就发现导向型规划可以帮助公司解决的问题进行沟通。

重要的是，他们能否能在一段时间内坚持不懈地进行推动。如果推动人选过于频繁地改变，他们就很可能无法保持稳定的进展。

营造运用动力的三种方法

当然，拥有一名推动人选，才刚刚开始。在每个组织中，在概念采纳之前，推动者必须向其他人推广这一概念。我们发现，发现导向型规划的推动者采用了种种方法，自上而下地授权，或者巧妙地"秘密"说服，以及处于两者之间的任何方式。在所有的案例中，大量时间都用在对关键决策者进行劝说、培训、演示以及面对面沟通。

自上而下授权。台湾 HLE 公司采用自上而下授权的方法，实施了发现导向型规划。在我们的同事——亚历克斯·冯·巴顿（Alex van Putten）领导的一次管理研讨会上，发现导向型规划概念被正式介绍给公司高级管理层。随后，公司领导从公司外部雇用一名发现导向型规划推动人员（我们叫他桑帕特 [Sampat]），确保发现导向型规划的实施。桑帕特工作不到一个月，公司就安排他学习我们的一门课程。他说，他回到 HLE 公司后的使命，就是确保这一方法能够植根于这个公司：

> 我被雇用的部分原因，是充当先锋、弄清其启动方式。我告诉他们（高级管理层），我们必须在公司内部营造氛围。但我也面临一些挑战。比如，我还没有实战经验，因此当我完成了这门课程的学习，我们就在摸索中完成了一个完整的发现导向型规划项目。通过这个项目样本，我就有了实战经验，所以我们计划创建网站、开办研究会和在线会议，而后进行为其一个半月的巡回展示。简而言之，我们要大规模地将发现导向型规划概念引入公司。在我迷茫的时候，麦克米兰对初始案例的开发起到了实质上的作用。

但这实际上只是这个概念的推广计划，公司范围内的采纳并真正使其发挥作用，离不开高级管理层的授权。正如桑帕特后来所说：

> 公司战略主管和营销主管等高层领导进行了如下授权：任何一种理念，不管是不是战略计划的一部分，只要编入公司预算，都必须使用发现导向型规划。利用这项授权，我跑遍了所有的业务单元，并告诉他们"这将成为现实，所以你们必须利用这一方法，制定一项计划。"而后我就开始巡回展示。我列举了成功使用发现导向型规划方法的那项计划，制作了一份 30 页的幻灯片，在每次会议上都加以展示。我们走访了每一个业

务单位，并且召开了为期一天半的研讨会。

高级管理层喜欢显而易见的、具体的里程碑事件。现在，由于各个业务单位的领导们都在思考如何成功，于是他们想到了我。他们希望我坐下来同他们谈谈。过去，他们尝试过，然而却惨败。现在，他们希望重新启动发现导向型规划概念。他们说："桑帕特，我们需要你的帮助，让我们一起完成这项任务。"

在这个例子中，推动者实际上是由高层管理团队挑选的，通过行政命令对发现导向型规划方法加以推广。即"这样做，否则……"，虽然这个方法并不适合所有人，但是高层管理团队认为这样就不会在推动组织增长议程方面浪费时间，而他们也不会把时间浪费在行政和说服方面。桑帕特不负所托，对发现导向型规划进行了卓有成效的推广。他不厌其烦地学习和讲授这一程序，并且从公司主要业务系列正在进行的许多项目上吸取经验。接下来，桑帕特努力使自己适应公司领导，把所有成功都视为公司领导的功劳。实际上，这并未成为推广过程中令人烦恼的障碍，而是被视为有价值的资源。

网络化投资团队。我们之前提到，在诺基亚公司，全新投资机构设立的目的，实际上就是为了开发高层领导认为便于风险投资流程的系统和程序。哪怕这些系统和程序与现有业务完全不同。需要说明的是，与自上而下授权方式不同，发现导向型规划的理念并未经过授权，全新投资机构的领导层自主地采纳他们认为有价值的理念。在最初的两年里，全新投资机构团队努力整合了正确的工具，并使这些工具与合适的人员相对应。2000 年初，形势发生了变化。全新投资机构负责人与一名内部顾问开始合作，以便推动更好的规划方法的实施。全新投资机构负责人这样描述事情的经过：

> 我们从内部顾问团队选择了一名合作伙伴，他是这个顾问团队的领导人，可以办妥所有事情。在全新投资机构这边，由我进行协调。重要的是，要从组织之外找一个人担当推动者的角色，然后让他坐下来向我们问所有愚蠢的问题：为什么你们要在这里做这项工作？这项工作必须在项目的这个阶段完成吗？可不可以延后再做？你们不需要人力资源部加派人手吗？法务部要不要参与？我们尽力向他做出解答。安排一位外部人员，即来自于组织之外的人员一起拟定规划，这一点很重要。

我们认识到，全新投资机构效果的改善、对规划程序最佳输入信息的获取，需要将全新投资机构的投资与公司其他部分结合起来。这样，我们找到了在全新投资机构内部的全新工作方式。让我们从头开始回顾：

> 我们采取了一系列步骤，使得发现导向型规划成为标准做法。我们采取的方式，首先是在2000—2001年的时间范围内，开始对规划程序进行彻底检验。我们大体上做了以下工作：对我们来说，是获得机构包含的不同职能。因此你必须将法务、人力资源以及业务职能纳入整个程序，指出这些职能部门如何对各项投资予以支持。我们所做的，是建立工作团队，花了4~6个月时间。我们大体上建立了一个项目，在项目中我们会对各项职能机构这样说："好吧，这些就是每项投资的步骤，而这些则是在不同的生命周期阶段，不同的职能部门对投资予以支持的方式。"我们对此做过程标记。
>
> 从开始到实施该步骤的时刻，一共花费4~6个月时间。这

是业务开发活动的一部分，而业务开发活动直接契合发现导向型理念。我们考虑进行法务支持。早期需要哪种法务支持、而后需要哪种法务支持，人力资源如何参与？如何考虑运营和物流？各项职能何时参与？早期任务是什么？各项职能如何降低本部门的不确定性？

团队有效利用了发现导向型规划，达成了共同观点。我们一直强调，如果投资未能奏效，团队也可以从已完成工作中获取知识。

"秘密"方式。空气化工产品公司的皮尔兰托兹致力于以截然不同的方式实施发现导向型规划。

无论何时，只要使用新工具，就会有阻力。

我们对各项工作程序进行了授权。我们没有提出一项庞大的方案，而是告知需要发现和想要引进的工具。我们对这些工具进行了试验，首先安排7名员工参加一门管理课程培训，学习发现导向型规划、引爆市场力和其他理念。他们培训回来后，有了参与的意愿。我们就安排他们对两个项目试行新工具。

开始时，我们也回避了容易招来很多阻力的领域。在现实选项方面，我们遭到过反对。一开始，整个财务机构都反对采用现实选项来评估技术项目。因此，我们关注一些新地理项目技术，现实选项可以帮助管理者确信，进入这些领域是个很错的创意。我们还试过一些对我们没有用处的工具，这些工具虽经试行但最终并未被采用。

到现在为止，我感触最深的，首先是从小事做起。不要小题大做，非要公司接受。从小事做起，提前发现价值，你可以从一开始就锁定目标。

最终，随着很多人开始采用这些工具思考和执行其规划，越来越多的高层管理者开始习惯于这些理念。正如皮尔兰托兹所说，最后他成功地"拉拢"了技术总监支持发现导向型规划。而此时皮尔兰托兹已经在技术机构停止了发现导向型规划的施行。出人意料的是财务总监对现实选项的反应。我们以为，财务总监很不容易接受现实选项理念。结果，财务总监竟然在康奈尔大学讲了一堂有关现实选项的课！不知道为什么，他的观点似乎没有了开始时在财务机构的不情愿。

对这些理念的成功试行，并对成功事项加以记录，皮尔兰托兹说，他就可以更加激进地讲述如下观点：

> 如果安排的人员够多，我们会转向其他方面。一旦有太多人使用同一种事物，就适用暴民规则。这就是我们下一步的行动。我们建立了创新学院，由空气化工产品公司经营，吸引了公司各界及世界各地的人们前来参加，每月安排3门课。我们开发了空气化工产品大学的创新作品，由35门课程组成，其中包括关于发现导向型规划、引爆市场力和实际选项的3门课程。在北美、欧洲和亚洲，我们为全世界的员工讲授这些课程。我也负责讲授一门创新课程。在制订整个培训方案时，我们的宗旨是："经过我们的培训，你会更具创新精神和企业家精神。"

> 我们发现，有很多机会对各种业务运用这种工具。人们也发现了使用工具的创造性方式。有人用它来理解客户成本结构，建立逆向损益表，以便评估假设工具对于定价谈判的作用。因此，我们用那些假设启动谈判程序来检验我们的假设。

我们已经证实，对高层管理者的培训对于方法的成功运用至关重要，正如皮尔兰托兹所说：

> 我们更深入地学习了另一个经验：如何对高层管理者展示这些理念。你担心自己过于偏重财务方面。你明白这是不对的，那为什么对此花费很长时间？他们关注的是假设，以及对于这些假设以及财务指标的审核方式。

三种方式各自的长处

对于采纳发现导向型规划之后的形势，我们讲解了 3 种控制模式：自上而下授权、网络化投资团队、秘密方式。当然，对于其他可能的方式，我们只是略加说明。

我们需要强调两项主要议题。第 1 项议题是，组织文化不同，当前存在的问题和面临的挑战不同，你就要采用不同的方式，说服组织采纳包括发现导向型规划在内的任何新方法。对于相互协作、高度网络化的组织，如诺基亚公司，强加自上而下的方法可能就无法收到良好的效果。如果想根据发现导向型规划，在空气化工产品公司制定巨大的"方案"，并就此在严肃的公司氛围中收集计划，可能会对皮尔兰托兹努力建立的新模型造成损害。台湾 HLE 公司是一家自上而下结构的组织，如果你一直努力使该公司达成共识，变革需求再急切，进度也会很慢。

第 2 项议题是，个人或者团队如果成功地推动了发现导向型规划，就值得花时间与其他参与者进行广泛的合作。而这些参与者之所以支持发现导向型规划，是因为这项方案以某种有意义的方式对参与者予以了帮助。在 HLE 公司，发现导向型规划使得高层管理团队不再浪费时间讨论毫无意义的项目，有助于让管理者们关注战

略性的业务问题。在诺基亚公司，对于那些最终被证实对整个公司
而言至关重要的新业务模型和新技术，发现导向型规划也为其孵化
打下了基础。在空气化工产品公司，发现导向型规划有助于人们从
事自己不了解的工作或者新领域的工作，针对自己的工作内容进行
沟通，控制风险，巧妙地获得高层领导的支持。

≫ 最后的思考 ≪

　　运用发现导向型规划原则，这是组织变更的基本步骤（然而可
喜的是，这种方式实施成本较低，回报较高）。像所有组织变更一
样，实施发现导向型规划也会因此遇到阻力，延后实施。在上一部
书《市场爆发器》（*MarketBusters*）中，我们描述了这些阻力及其潜
在的解决方式，在此就不再详述。我们希望你能仔细考虑，对于发
现导向型规划方式的采用，有谁会加以阻挠或者抵制，在运用该模
式之前如何克服这些阻力。

　　在此，我们已经向您展示，发现导向型创新和增长模式对很多
从事不同行业的公司都有帮助。我们描述了一些符合公司文化的方
式，并介绍了相关步骤。在第 9 章，我们将会提出推行文化和措施
的一些原则，以保持发现导向型思维模式。

行
动
步
骤

　　1. 认真思考，哪些因素可以使你的组织乐于接受发现
导向型规划。能不能对那些滞后的增长项目进行更好的控
制？是否曾经未能及时对市场引入创新？新领导是否想要

获得新思路？你要发表一份简短声明，对此加以总结，解释"为什么我们目前应该采取发现导向型规划"。

2. 尽量讲清楚为什么你应当采取这一方式，而后选出最符合逻辑的答案。如果坚持采用发现导向型规划方式，人们会不会收入失衡？

3. 深入思考自己列出的、发现导向型规划方式带来的潜在利益和受益人。你能否找到一两项示范项目？

4. 根据公司及其文化，深入思考哪种实施方式最有意义，并帮助同事们努力实施。

第 9 章
保持发现导向型增长

我们很难向组织介绍发现导向型规划，因为大多数人都在使用其中一些工具。我们发现，我们有必要采取特定体系和措施对该程序予以支持，并保持发现导向型思考方式。

≫ 体系和措施 ≪

正如空气化工产品公司的罗恩·皮尔兰托兹所说，公司往往无法认识到，推动长期不断创新的能力并不仅有一项，而是三项：发现能力，使公司产生新理念；孵化能力，将理念从机遇转化为业务提案；加速能力，可以增强业务独立性。对于这三项能力，我们要再添加一项，即项目停止与回收能力。拥有了这项能力，当投资或业务不利时，公司可以从中获得宝贵创意，从而转向利润更高的领域。正如我们在布局图中强调的，保持发现导向型增长的程序，对于公司领导力具有重大影响。

≫ 总裁及高层管理团队的角色 ≪

在前言和第 1 章中，我们初步讨论了总裁和高层管理团队在为增长方案建立整体架构以及分配任务时的角色。实际上，高层管理团队需要建立正确的环境、管理增长机遇组合，强化甚至推行公司的基本创新方法，并承诺用发现导向型思维模式引领投资活动。

建立环境

要在公司中建立每个人都贯彻发现导向型措施的环境，总裁和高层管理团队需要实施六组行动。

1. **协商选定最为合适的基本创新方法**。根据公司文化和之前的经验，总裁和高层管理团队需要确定适合公司的基本创新方法，这是由于基本方法将会深深地影响整个增长方案系统及程序。洞察管理顾问公司和 IBM 公司的业务战略实践，为不同的创新方法建立了有趣的分类体系。正如沃克（Wunker）和普尔（Pohle）所讲，每项方法所使用管理风格都有所不同：

● "市场理念"方法。这一方法使得所有层级的员工都能在针对成功的良好既定目标与界限、明确指标范围内，拥有很大的尝试余地。沃克和普尔列举了美国零售公司、3M 公司、Google 公司和媒体公司。我们将诺基亚公司加入列表。领导者起了辅助作用，但并未实际推进自上而下的创新程序。

● "英明领导者"方法。顾名思义，必须要由才华横溢而与众不同的个人来推动创新。我想到了苹果公司的史蒂夫·乔布斯、索尼公司的盛田昭夫、《时尚》杂志的安娜·温托（Anna Wintour），他们中的每个人都在各自系统中发挥了卓越的辅助作用。

● "系统化创新"方法。该方法鼓励一些员工负责整个战略范围内的个别投资任务，对跨部门方式也大加赞赏。在宝洁公司、三星公司和高盛公司，其高层领导团队更加务实地分配资源，制定预期目标。此外，在这一模式中，公司的品牌等资源也可以发挥重大作用。

● "协同创新"方法，即与外部参与者、合作方和生态系统成员一起，共同推进创新。沃克和普尔列举了沃达丰公司和 Facebook 公司的例子，我们还想将鼎盛期的太阳微系统公司增加进去。

如果公司对各种创新都很支持，总裁就需要找出方法的重心所在。例如，公司如要采用市场理念方法，在资源分配方面，就必须更加侧重于未经证实或者未知的理念，而不是只为实际的系统创新理念。

2. **确定公司增长目标**。为建立稳固的环境，高层管理团队成员首先需要保证自己可以清晰地了解整个公司的目标，而后需要采取可行的方式将这些目标进行有效的沟通，具体可参考

第 2 章中的节能服务公司。问题的关键在于：四种增长可以带来多高的增长率。核心强化、平台启动、三个增长选项以及收购，包括各项目标利润率和资产回报率的增长。

3. 确定增长架构——公司应着重在哪些方面实现增长、哪些方面无法寻求增长。 为了实现增长，确定哪些增长领域可以接受、哪些领域不能接受，这也很重要。对于产品市场平台，从哪里着手开发、如何着手开发、怎样才算成功，人们了解得越清楚，越能有效实现增长目标。一定要明确战略逻辑，也就是说，明确公司选择特定增长方式和增长领域的原因所在。

4. 合理分配资源。 高层管理团队也有责任确定实现各种增长所用资源。对核心强化、平台启动、定位选项、调研选项、踏脚石以及所有并购业务合理分配资金和人员。

5. 对这些措施进行任命、授权，或者设定预期目标。 总裁或高层管理团队成员可能需要制定针对增长的进一步决策。包括增长如何控制、涉及哪些人员、由谁推动增长方案的运行。对于从投资增长委员会到促进投资方案的投资管理体系中涉及的每位人员，高层管理团队均需营造环境、建立预期目标。

6. 确定方案。 最后，总裁虽然不必发挥主要推动作用，他仍然实际控制着公司的增长思维模式。对相关人员予以支持，确保增长率始终高度符合公司议程（见第 1 点、第 2 点和第 3 点）；确保人力资源和财务资源根据时间维度进行分配（从短期核心强化到长期增长选项）；设定机遇更新、审核以及承诺程序，并支持积极停止。对于可以从中发现问题的失败，也不要一味地气急败坏。

管理增长组合

对公司整个增长计划组合的管理，关系到创意的产生、孵化、加速发展及停止。很明显，对于组合的不确定性进行管理，目的不仅在于实现增长，还在于促进战略、预算、项目、员工奖励及激励机制的协调一致。

在进行这项工作时，不同公司采取不同的体系。有的公司由战略团队负责组合管理，有的公司由技术团队负责，还有一些公司由产品开发或者投资部门负责（或称为组合管理团队）。我们也无法判断哪种方式最好。

不过，组合管理要实现三项成果。首先，需要针对适当调整项目方向的计划及其进展，获取实时信息。其次，随着增长组合的逐步展开，项目方向也要根据现有实际进行重新确定。组合管理需要主动争取高层管理团队的支持。最后，需要培养前进动力。选项应停止，或者迅速转化为平台或核心；平台则应转化为核心，以便更好地与时俱进。

福尔蒂公司确实采取了创意产生、审核、公布、关闭程序，并推动了投资进程。福尔蒂公司的投资团队负责人克里斯·范德·维尔登（Kris Vander Velpen），为我们提供了这项数据（见图9—1）。我们可以看到，尽管公司会公布很多创意，但只有其中一部分通过了"创意漏斗"，成为实现了的投资。

通常，对增长组合进行积极管理，意味着组织需要变革。例如，瑞士再保险公司认识到很多创意在传统组织体系中无法产生。2006年，该公司进行了重大组织变革，转变为矩阵式组织结构。在杜邦公司，"知识密集型大学"方案的施行，促使公司最终建立了整个

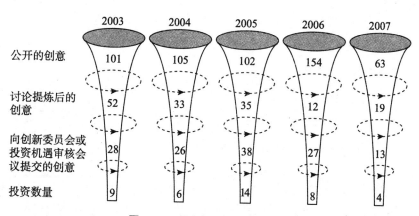

图 9—1 福尔蒂公司的创意漏斗

资料来源：福尔蒂公司内部文件。经许可后使用。

新增长平台，这也是新组织的象征。巴布·库伯观察到：

> 对于知识密集型大学方案的实施，我们起先了解到，很少有市场机遇符合杜邦公司内部的产品、技术导向型组织。在我们所说的创业会议上，我们采用所需技术，请整个公司的人员针对市场机遇提出增长理念。然而，同样麻烦的是，在执行阶段，组织体系往往会遇到阻碍。于是，杜邦公司高层领导保留了着重提高传统产品和战略效率的战略业务单位结构，将 18 项战略业务单位划分为 5 项面向市场增长平台，由高层领导控制。该平台的目标在于实现最高增长。
>
> 例如安全与保护平台，由很多安全类产品战略业务单位组成，如凯芙拉和特卫强①。知识密集型大学方案带来的具体成功案例和创新体系，是杜邦公司两年前引进的风暴小屋。风暴小屋以芳纶柔性纤维作为衬里砌入墙中，具有很强的实用性。

---

① 凯芙拉和特卫强都是杜邦公司注册品牌，前者是一种合成纤维，后者是杜邦公司的优秀无纺布产品，俗称"撕不烂"。——译者注

在龙卷风和飓风肆虐时，可以保护人们免受伤害。芳纶团队拥有相关技术，打算销售这种纤维。而特卫强团队在建筑呼吸纸过程中完成了大量工作，并且非常了解美国家装市场，并与主要高端建筑商建立了广泛的联系。芳纶和特卫强组成的团队向杜邦公司推介的是风暴小屋，而不只是纤维材料。在此，效率提升和短期成果两者达成了平衡，并实现了大幅增长。

风险管理

风险管理由增长委员会和风险投资委员会负责，设定风险管理程序的目的，在于确保使人们认识到投资需要足够多的高层领导支持，使得投资被看成是公司的首要任务，应根据恰当的原则进行管理。

高层增长委员会体系往往运作良好，其衡量依据是主要资源承诺（如平台启动承诺）控制整个增长程序和原则的演变。委员会应当定期会面，至少每季度开一次会。在会议上，可能有主要管理团队成员列席，甚至财务总监或总裁也会参加，因此增长委员会可以针对增长项目做出关键决策，无需得到批准。

相反，"风险投资委员会"则会管理一项或者更多的具体计划。这些委员会可以由同一团队组成，也可以指定不同团队的成员负责各项风险投资。一般而言，风险投资委员会由风险投资小组组长、一名或两名副组长、法务部门及人力资源部门的代表组成，可能还包括一名或两名核心业务主管。如果风险投资未能成功，风险投资委员会负责促进资源的回收与弥补。风险投资委员会还可以调动公司的其他资源用于风险投资。

在检验关键检查点时，风险投资委员会就会召开会议，我们在第 6 章中已经加以描述。这些检查点的审核具有很强的学习性。风险投资项目组及其委员会将会以苛刻的眼光，分析已有的发现、已有发现可能用于何处、风险投资是否需要调整方向等。

在对项目停止的管理上，风险投资委员会发挥了重大作用。我们在第 7 章中说过，风险投资如果未能成功，公司仍需高度重视，直到从中学到了重要知识——可以为其他业务借鉴、导出或完善其他市场意识的知识。重点在于对"特色业务层级以下"的学习，而特色业务正决定了公司可以完全开发独特的风险投资方案。而且，项目停止程序如果运行良好，将有助于减轻业绩压力，避免导致或突然出现巨大的耗资，或者因承诺继续以原有形式运行本应调整方向或停止的项目而导致破坏性升级。

我们在前言中提过，我们看到，将项目发展阶段与项目达到的审查水平、项目可以筹得的资金、组织承诺相结合，是一项行之有效的资源分配措施。我们在第 6 章中解释，诺基亚公司采用所谓的 V 里程碑，定期采取这项措施。V0 阶段的投资还只是创意，被分配大约 1.5 万欧元的资金以及一些工程时间。当投资到达关键检查点时，风险投资委员会可以开会决定是否需要进入 V1 阶段。在 V1 阶段，风险投资可以获得授权，得到更多人员和资金，可能有 15 万欧元之多。如果确定不宜进入 V1 阶段，公司就要停止这项投资。

在 V1 阶段结尾，风险投资委员会接下来就必须确定，项目值不值得进入 V2 阶段。在 V2 阶段，公司需要指出即将启用的理念，涉及的风险与成本会成倍增加，这样增长委员会就需要加以审核。

注意，这一方法将如何实现以下目标？首先，设定较低的障碍使得项目继续进行，从而鼓励项目试验。如果出现失败，出现时间较早，失败成本也较低，这样就实现了第二个目标：节约资源。第三，这一方法可以确保风险投资在实际实施之前，通过了两个层级的彻底审核。

产品开发或风险投资团队

现有业务单位基本不可能实现突破性的、全新的或者破坏性的创新。我们在本书中也强调，高度不确定性的工作需要不同于现有业务的管理方式。因此，不确定的项目由全新团队管理会比较好。

首先，公司授权应当明确。为了避免权力之争，你需要确定哪种投资应由现有核心业务团队负责，哪种投资应当由风险投资团队负责。一般而言，我们称为核心强化的一类投资由业务团队负责，而一些创意需要跨业务团队协作，需要完全不同的能力或技术，或者指向不同于核心业务的新市场，就需要由新投资部门负责一段时间。

具备以下特征的风险投资或增长导向团队，通常会比其他团队获得更大的成功。

● 第一，团队领导者在公司内外都有良好的关系网络，不仅可以指出创意和资源所在，还能加以有效的整合。

● 第二，团队中有各种类型的成员：销售和运营的经验极其重要。在有的投资团队，员工可能不适合现有业务模式，却能对新业务提出重大见解。

● 第三，团队成员都是临时的，然而团队却并不是短期周转团队。在理想情况下，雄心勃勃的领导者会对风险投资团队非常重视，并投入一定时间，可能是三年。原因在于，你不希望风险投资团队成为事业发展的终结，而是希望从增长中学习知识，推动公司其他领域创新能力的发展。

● 第四，风险投资团队应侧重资源方面。这样，团队就不得不量入为出，避免项目过于扩张或者发展过快。

● 第五，风险投资团队应当与公司其他部门保持联系，如人力资源部门、法务部门、财务部门，当然还有现有业务团队。这样才能便于创意、人员、能力、技术的流动。我们观察到，很多情况下，风险投资团队的发现可以带来核心业务的改善。这是因为，风险投资并不是一项独立的业务。

≫ 风险投资启动 ≪

风险投资顺利通过孵化程序之后，就证明投资已进入黄金时段。重大转折点就是启动决策的制定。投资运作方式往往会发生实质的改变。根据我们的经验。如果仅仅决定进行新投资，增长平台很难因此加快建设。而在 IBM 和诺基亚这类创新成功的公司，平台投资由业务开发团队负责，或者由一系列投资单位以及其他从业务团队中分出的单位构成新业务团队。IBM 公司对待新兴商业机会通常会采取这种方法。原因在于，你需要使投资团队目标与核心业务目标相一致，而不是埋下权力与资源的争夺隐患。

例如，在空气化工产品公司，皮尔兰托兹的新业务开发团队一直规模很小，人员多样化，团队成员每隔几年轮换一次。团队的建立，并未使业务概念直接商业化，这样就可以确保重大投资项目具有灵活的授权。对于每个增长平台或部门，公司都会坚持所谓的后期孵化加速器。当风险投资达到了启动条件，加速器就会进行积极的控制，负责逐渐推进业务增长，并在最后整合到战略业务单位（如果有合作方的话，也可能整合成为合资公司）。

相反，在另一个公司（公司名称不便透露），由于投资方案没有这种临时体系的概念，公司吃尽了苦头。项目组抱着"不行就换"的态度，设定了一项业务目标。尽管员工所从事的很多创意都有很高的不确定性（实际上，至少一大半创意根本无法实现），如果创新活动并未依照计划施行，项目组的员工也会认为这是失败。甚至，优秀员工因为无法承受工作"失败"的打击而纷纷跳槽，公司也就不能再将项目组学到的知识加以充分利用。

在准备投资启动时，"原型"概念也非常重要，即在贯彻启动之前加以联系和检验。例如，据报道，在斯蒂尔凯斯公司，哪怕是在接触单个客户之前，公司都会积极练习从安装到技术支持和销售的全套必要技术。这一做法，完全符合"先发现，再实践"的整个理念。

≫ DDG 能否成为机遇 ≪

我们一直醉心于研究一种矛盾，那就是，现有组织往往很容易错过重大机遇。回想起来，也许只是现有业务的自然而简单的延伸。而实际把握住这些范围广泛的新兴增长机遇的，往往是其他行业或者全新的公司。不过，我们也了解到一些公司成功进入新领域的案例，在本书中也讲了很多。是什么导致了这种差别？在本书中，我们一直主张，对于新环境，公司应该采用正确的原则。对于熟知的核心业务，公司掌握着一系列工具，包括资源规划系统、六西格玛方法等，从而驾轻就熟地提高效率、有效规划、协调活动。然而公司会采用不同的增长工具组合，有效应对不同的增长形势。我们在本书中一直强调，你必须牢记，对于不同的增长形势，成功方式、失败结果、程序都完全不同。幸运的是，我们已经对此进行了深入了解。

你的机遇在哪里？很多公司并不会长期从事非常有效的增长工作。因此我们认为，你可以要求，尽量避免做不利于增长的事，多做些有利于增长的工作。针对某项增长计划，尽管有时需要公司进行彻底的变革（参见杜邦公司案例），然而往往更需要以微妙的方式，对公司资源和兴趣进行转换（参见空气化工产品公司案例）。因此，公司必须采用我们所提出的一些观点进行试验。一般来说，这样风险较小。毕竟，在本书中，我们一直强调，你在明确下一步工作之前，一定要控制成本和风险。

我们对柯达公司进行了深入研究。也许是这样的：一些曾经的业内翘楚，在市场竞争中屡屡受挫、苦苦挣扎，最后被新锐公司或者全新的难题解决方案所打败。在本书中，我们一直希望，我们可以让你相信，这并没有形成定局。很少有公司能够永远保持竞争优势，因此，现有公司可以生存在优势暂定的世界中。

然而，和很多新技术一样，学会在高度不确定的环境下成长，需要使用不同的方法。我们尤其希望，你可以以全新的态度对待失败。如果你耗费了大量成本，或者不够聪明，或者你犯了同样的错误，失败就很不好。但如果把握得当，聪明的失误会给公司带来最有价值的经验。我们还希望，你可以用全新的态度看待现代管理的另一个重大目标：做正确的事。对于全新业务，你不能也不会完全正确。因此，做正确的事本身永远不应该作为一项任务。假设形势并不确定，进行精确的预测，可能也就意味着形势非常确定。每一次对预测的打破，也许意味着你所做的工作只会带来量变，而无法实现真正的突破。

在本书的结尾，我们想要对你——亲爱的读者提出一些期望，使得我们以及其他很多人对发现导向型程序的学习更为有用。

如果你碰巧是高层领导或者总裁，这些程序可以引导你释放组织的创造性，避免陷入毫无原则的创新。你不用事必躬亲，就可以授权、鼓励或者帮助人们在深入思考的同时，实现有效的执行。

如果你是部门主管或者业务经营者，这些程序可以使你了解，引入发现导向型原则需要遵照的潜在战略。你很快会发现，如果照做的话，增长就更有保证、更加容易实现。

如果你是一名年轻的经理，或者公司员工，或许从一开始你就可以采用这些方法，帮助自己更加严谨或者更具原则地考虑老板担心的事情。

如果你是一名普通工作人员，或者在公益性组织中工作，你可以采用这种方法，为你认为非常重要的计划营造更好的业务环境。

对于我们之中的很多未来企业家来说，发现导向型增长模式为你提供了一份业务成功路线图，祝你好运。

更多内容，请登录网站 www.discoverydrivengrowth.com/resources。

湛庐文化·出品
Cheers Publishing

一切为了您的阅读体验

❧ 我们出版的所有图书都将归于以下几个品牌

管理智慧　营销智慧　商业智慧　湛庐教材　喜福绘

　　心视界　财富汇　

典藏大师　同花时

❧ 找"小红帽"

为了便于读者辨认，我们在每本图书的书脊上部 50mm 处，全部用红色标记，称之为——"小红帽"。同时，"小红帽"上标注"湛庐文化·出品"字样，小红帽下方标注所属图书品牌名称与编号。这样便于读者在浩如烟海的书架陈列中清楚地找到我们，同时便于收藏。

✎ 找"湛庐文化"

我们所有出品的图书，在图书
封底都有湛庐文化的标志和"湛庐
文化·出品"的字样。

✎ 用轻型纸

您现在正在阅读的这本书所使用的是轻型纸，有白度
低、质感好、韧性好、油墨吸收度高等特点，价格比一般的
纸更贵。

✎ 关注阅读体验

我们目前所使用的字体、字号和行距，是在经过大量
调查研究的基础上确定的，符合读者阅读感受。每页设计的
字数可以在阅读疲劳周期的低谷到来之前，使读者稍作停
顿，减轻读者的阅读疲劳，舒适的阅读感觉油然而生。

所有的一切都为了给您更好的阅读体验，代表着我们
"十年磨一剑"的专注精神。我们希望我们能够成为您事业
与生活中的伙伴，帮助您成就事业，拥有更为美好的生活。

湛庐文化08-09年获奖书目

⇥《牛奶可乐经济学》

国家图书馆"第四届文津奖"十本获奖图书之一，唯一获奖的商业类图书；

搜狐、第一财经日报"2008年十本最佳商业图书"。

用经济学的眼光看待生活和工作，体验作为"经济学家"的美妙之处。

⇥《企业的人性面》、《决断》

《商学院》杂志"2008年十本最具商业价值的商业图书"。

《决断》诠释领导者最重要的能力素质的伟大著作！

《企业的人性面》管理思想大师麦格雷戈一生唯一著作50周年纪念版。

⇥ 希腊三部曲：《追逐阳光之岛》、《桃金娘森林宝藏》、《众神的花园》

新闻出版总署"第六次（2009年）向全国青少年推荐百种优秀图书"之一。

"希腊三部曲"仿佛艾丽斯仙境与伊甸园，充满好闻的味道、缤纷的颜色、可口的食物、柔软的触感、奇怪有趣的人物和无尽的爱、学习与玩乐。

⇥《未来是湿的》

央视子午书简、《中国图书商报》"2009年最值得一读的30本好书"；

《第一财经日报》、新浪读书频道、蓝狮子读书会"2009年最佳商业图书"；

《21世纪商业评论》"2009年度最受商业领袖关注的书籍"。

2009年不可不读的一本书，体会互联网下无组织的组织力量。

⇥《30而励》

蓝狮子读书会、新浪读书频道、《第一财经日报》"2009年最佳商业图书"。

央视风暴主播芮成钢带你了解中国与世界！

⇥《在萧条中飞跃的大智慧》

《21世纪商业评论》"2009年度最受商业领袖关注的书籍"。

日本"经营之圣"稻盛和夫谈危机下企业的生存之道。

⇥《查理·芒格传》、《伯恩斯坦金融三部曲》

《第一财经日报》"2009年度十大金融书籍"。

《查理·芒格传》国内唯一芒格本人及巴菲特授权的中文传记。

《伯恩斯坦金融三部曲》美国著名金融史学家彼得·伯恩斯坦金融经典精彩呈现。

延伸阅读

《与其挑剔我，不如帮我得 A》

◎管理大师，《一分钟经理人》作者肯·布兰佳新作。

◎临床解剖一个企业的绩效革新过程，曝光管理新思想！

《为什么雪球滚不大》

◎历时半个世纪的探寻，揭秘《财富》100 强企业发展轨迹。

◎挖掘出导致企业增长停滞的根源，为企业指引持续增长的出路。

《故事的影响力》

◎与杰克·韦尔奇比肩的"世界十大最受尊敬的知识型领导"。

◎西方企业界的故事大王倾情呈现。

◎比 MBA 课程更有效的影响力。

◎一种独特的方式帮助企业快速提升业绩。

《要么拯救世界，要么滚回家》

◎他的博客每月有 200 万人次来访。

◎他的电子书下载超过 100 万次。

◎他的理念被世界 500 强追捧。

◎"一本谈创作的书，一本见识过人的书，一本能改变你生活的书。"

《领袖的决策》

◎当星巴克在美国主要城市市场份额趋于饱和，新任 CEO 奥林·史密斯如何决策？

◎面对失败，面对风险，面对"损失规避"心理，黑石集团 CEO 彼得·彼得森如何决策？

◎当公司短期决策阻碍公司未来愿景，美国运通公司 CEO 哈维·戈卢布如何决策？

图书在版编目（CIP）数据

引爆市场力/（美）麦克格兰斯等著；高攀译.
北京：中国人民大学出版社，2010
ISBN 978-7-300-12148-2

Ⅰ.①引…
Ⅱ.①麦…②高…
Ⅲ.①企业管理
Ⅳ.①F270

中国版本图书馆 CIP 数据核字（2010）第 093879 号

引爆市场力

[美] 丽塔·麦克格兰斯
　　 伊安·麦克米兰　　著

高　攀　译

Yinbao Shichangli

出版发行	中国人民大学出版社			
社　　址	北京中关村大街 31 号	**邮政编码**	100080	
电　　话	010-62511242（总编室）	010-62511398（质管部）		
	010-82501766（邮购部）	010-62514148（门市部）		
	010-62515195（发行公司）	010-62515275（盗版举报）		
网　　址	http:// www. crup. com. cn			
	http:// www. ttrnet. com（人大教研网）			
经　　销	新华书店			
印　　刷	北京京北印刷有限公司			
规　　格	170 mm×230 mm　16 开本	**版　　次**	2010 年 6 月第 1 版	
印　　张	13.25　插页 2	**印　　次**	2010 年 6 月第 1 次印刷	
字　　数	156 000	**定　　价**	36.00 元	

湛（zhàn）庐（三）

铸剑大师欧冶子「十年磨一剑」，炼就了「天下第一剑」湛庐剑。

——《吴越春秋》记载